GPS:鎌倉市役所 消えた大仏

木下半太

PHP
文芸文庫

○本表紙デザイン＋ロゴ＝川上成夫

ＧＰＳ：鎌倉市役所　消えた大仏

プロローグ

突然、作業着を着た男の両脚のスネの骨が折れた。男は悲鳴を上げて倒れ、如《きさ》月《らぎ》初音《はつね》を犯す夢は果たせなかった。中学二年の夏。学校の帰り道。何か恐ろしい力があると、初音が自覚した瞬間だった。

初音は悩み、運命を呪った。毎朝、鏡を見ると、そこには右目の赤い化け物が立っていた。この右目の赤さは、なぜか他の人には見えないらしい。妻に逃げられた漁師の父親には相談できなかった。

元から根暗だったのがさらにふさぎ込みがちになり、高校に上がってからも他人との接触をなるべく避けるようになった。もちろん、手を触れずに物を動かせる力は封印し、そんなものは最初から自分になかったのだと思い込むようにした。

高校を卒業したら町を出る。そう心に誓った。

中国地方にある小さな町だった。自転車があれば、すぐに瀬戸内の海にまで行ける。

十七歳の冬、バイト先のファストフード店で、運命の出会いが訪れた。

初音と同じように、右の目が赤い男が来店したのである。

男はカウンターでハンバーガーを頼まず、初音の目を覗《のぞ》き込んだ。男の人にこんな至近距離で見つめられるのは初めてだ。初音はドギマギしてどうしていいかわからず、店のマニュアルどおり〝わざとらしいスマイル〟を浮かべることしかできなかった。

男は細身で、異様に髪の毛が長かった。歳は三十代半ばぐらいだろうか。全身黒ずくめの格好をしていた。ロングコート、シャツ、パンツ、革靴に至るまで黒色だ。明らかに、この町の人間ではない。

……殺し屋みたい。

そんな職業の人間に会ったことはないけれど、黒ずくめの男から漂ってくる鋭い気配が、そう感じさせた。

「いつ、覚醒《かくせい》したんだ？」

黒ずくめの男が低い声で訊《き》いた。

かくせい？　聞き慣れない言葉に、さらに笑顔が引き攣《つ》る。

「自分の能力にはもう気づいているんだろ」

この男、私の力のことを知っている……。

カウンターの下で、膝《ひざ》がガクガクと震えてきた。どう答えていいのかわからない。

「あんた、はよう頼めや。どつかれたいんか」

黒ずくめの男の後ろに並んでいたチンピラが、声を荒らげる。最近まで暴走族の総長をやっていた、町で有名な札付きのワルだ。働きもせずに、平日の昼間からよく店に現れる。黒ずくめの男とは対照的に金髪で、黄色の派手なダッフルコートを着ている。

黒ずくめの男は、チンピラを無視して、初音に話しかけた。

「君が必要だ。この町を出る覚悟を決めてくれ」

えっ？　何を言ってるの？

「しばきあげるで！」

チンピラが、黒ずくめの男の肩を摑《つか》んだ。

そのとき、男の右目が光ったのを初音は見逃さなかった。

チンピラが跳んだ。

背面《はいめん》跳びの選手のように背中を反《そ》らせながらカウンターを越え、ドリンクの機械に体当たりした。

「ぐうう……」

チンピラは、初音の足元で白目を剝《む》いて口から泡を吹いている。

あまりにも、不自然なジャンプだった。オリンピック選手でも、あんなに高く跳べるはずがない。

黒ずくめの男が飛ばしたんだ――。

「初音」黒ずくめの男が、名前を呼んだ。「君は、選ばれた人間なんだ」

「どうして、私の名前を知ってるの？」

「探していたから」

膝の震えが止まった。黒ずくめの男の声が、心地よく体に染み渡っていく。

「私、これからどうしたらいいの」

まだ何もわかっていないのに、人生のすべてをこの男に預ける覚悟ができた。

きっと、私はそのために生まれてきたんだ。

「そのカウンターから出てこい。そして、私と一緒に生きていくんだ」

初音は深く頷《うなず》き、店のユニホームのまま、カウンターから飛び出した。

店長や他のバイトたちは、唖然《あぜん》としながら初音と黒ずくめの男が店を出て行くのを見送っていた。

真冬だったけれど、寒くはない。雲ひとつない晴天で、太陽の光が初音を祝福するように照らす。

「あなたの名前は何て言うの？」

「笛吹玄心《うすいげんしん》」

黒ずくめの男が、眩《まぶ》しそうに目を細めた。

広尾雄平《ひろおゆうへい》に、他人の心の声が聞こえるようになったのは、十六歳のときだった。

高校一年生の英語の授業中、英文を読んでいる教師が突然、日本語を喋《しゃべ》り出したので驚いた。

何だ、これ？

音が二重に聞こえた。まるで、同時通訳みたいだ。

英語教師の中年親父は、英文を読みながら、クラスの女子たちを罵倒《ばとう》していた。

『どいつもこいつも色気づきやがって。ほとんどが処女じゃねえんだろ。短いスカートを見せつけるように穿《は》きやがって』

雄平は、自分の耳がおかしくなったのかと思い、早退して耳鼻科に行った。

しかし、病院に行って検査したところで、何の異常も見当たらなかった。医者には「勉強のしすぎで、ストレスが溜まっているんじゃないかな」と、笑いながら言われた。

それはない。雄平は普通の家庭で育った普通の高校生で、特に何かストレスを抱《かか》えているわけでもなかった。友達もそれなりにいたし、いじめられたり、誰かをいじめたこともない。

じゃあ、この現象は何なんだ？

現に、耳鼻科で診察を受けているときも、医者の心の声が聞こえた。

『最近のガキはどうしようもないな。どうせ学校をサボりたいだけの嘘だろ。もう少しマシな嘘をつけよ。甘やかされて育ちやがって、ぶん殴ってやろうか』

医者の顔は笑っているのに……。

耳が悪くなったのでなければ、頭か？ 脳にデカイ腫瘍《しゅよう》でもできたんじゃなかろうか。

それからは地獄《じごく》の日々だった。どこにいても、突然、他人の心の声が耳に飛込んでくる。心療内科も考えたけれど、怖くて行くことができなかった。親や友達にも相談できずに、おかしくなる一歩手前だった。

交番に立っている警官は、女子高生のパンチラが見えると『ちくしょう、やりてえなあ。犯してえなあ』と心の中でぼやき、一番の親友だと思っていた幼馴《おさなな》染《じみ》は、『最近の雄平はイケてないから、あまり話しかけるのはやめておこうかな。俺も同類だと女子に思われたくないし』と心の中で言い、母親は『スカッとしたいから、またあのスーパーで万引きしようかしら』と、心の中でほくそ笑んでいた。

ある朝、洗面台の鏡を見て気づいた。右の目が充血したみたいに赤くなっている。痛くもないし、痒《かゆ》くもない。

僕は病気だ……。

雄平の頭に、自殺の二文字が過《よぎ》った。

でも、どうやって死ねばいいのだろう……。

痛いのや苦しいのは嫌だ。なるべく、楽に命を絶ちたい。

やっぱり、飛び降り？

誰から聞いた話かは忘れたけれど、人間は高い所から身を投げたときは、地面に激突する前に失神《しっしん》するというではないか。当然、中途半端な高さではダメだろう。できるなら、高層ビルの屋上から飛び降りたい。

雄平は学校をサボり、電車に乗って新宿まで出た。ここなら、高いビルが幾つもある。

しかし、そう甘くはなかった。高層ビルであればあるほど、セキュリティーがしっかりしている。警備員がいたり、そもそも入口から入れないビルも多かった。

西新宿から新宿三丁目の間を何度も往復しているうちに、二人組の制服警官に呼び止められた。

「君、高校生だよね？　こんな時間に何してるの」

まさか、自殺できる場所を探しているとは言えない。

雄平は、警官を振り切って逃げようとした。

「待ちなさい！」

声をかけられた場所がまずかった。歌舞伎町《かぶきちょう》のど真ん中、ピンサロの看板前だったのである。

逃げながらも警官の心の声が聞こえてきた。

『コイツ、大麻かシャブを持ってるな！』

持ってねえよ！

人生を終わらせようとしていたのに、警察に捕まるのは格好悪すぎる。

雄平は、ピンサロや裏ＤＶＤの看板を倒し、キャッチのホストにぶつかりながら全力で歌舞伎町を走り抜けた。

テンパりすぎて、色んな声が耳に飛び込んでくる。

『おいおい、ガキがポリ公に追いかけられてんぞ』

『何あれ？　マジ、ウケるんですけど』

『おっ！　決定的瞬間じゃん。ツイートしなきゃ』

だ、誰か、助けてくれよ。

脚がもつれた。バランスを崩して、思いっきりアスファルトの上で転倒した。受け身を取れずに肩を強打した。

パキリと乾いた音が耳に響く。ヤバい、鎖骨が折れた。あまりの激痛に目が霞《かす》む。

「抵抗するんじゃない！」

追いついてきた警官たちが雄平を取り押さえようとする。

情けないことに涙が出てきた。両親の悲しんでいる顔が頭を過る。たぶん、学校は停学か退学になってしまうだろう。

ダサいよ、俺……。

『助けてやろうか』

ふいに、男の声が聞こえた。

不思議なことに、周りのノイズが一瞬にしてかき消される。

いつのまにか、雄平のすぐ側《そば》に、長髪の男が立っていた。やけに涼しい目をした黒ずくめの男だ。

それが、雄平と笛吹玄心の初めての出会いだった。

「えっ……誰？」

『コイツらに捕まりたくないんだろ』

……僕と同じ？　でも、どうして僕の能力を知っているんだ？

『私の能力はお前とは違う』

気がつくと、警官たちが雄平の目の前から消えていた。五メートルほど離れた果物屋の陳列棚までふっ飛んでいたのである。

玄心は、微笑《ほほえ》みながら手を差し伸べ、雄平の体を起こそうとした。

「探したぞ」

どこか、懐かしい笑顔だった。

「あなたは、僕の味方なんですね？」

自分でもなぜだかわからないが、確信を持って言った。

「どうしても、お前の力が必要なんだ。飛び降り自殺を考えてたんだろ？　どうせ死ぬ気でいたんなら、私に命を預けてくれよ」

「わかりました」

内容も聞かずに頷いた。大げさではなく、この人に一生ついていこうと決めた。この呪われた能力が誰かの役に立つのであれば、喜んで体を張れる。

中学生だった赤池充《あかいけみつる》は、ごく普通の一般家庭に育ち、何不自由なく毎日を過ごしていた。

あの日……家族全員が突然、姿を消した日曜日までは。

十三歳。充は中学一年生だった。

野球部の練習中に事故が起き、途中で家に帰った。キャッチャーをやっていた充の頭を、空振りしたバッターのバットが直撃したのだ。

数分間、失神したのち、監督の車で病院に運ばれた。異状は見当たらなかったが、安静にするように言われて帰宅した。

「ただいま」

家族から返事はなかった。

日曜日の午後一時。

家族は家にいるはずなのに。

「ただいま」

なぜか押し寄せる不安を感じながら、リビングへと入った。

誰もいない。

ゴルフ番組を観ているはずの父親も、カレーを仕込んでいるはずの母親も、お人形遊びをしているはずの年の離れた妹も、一人で囲碁《いご》を打っているはずのお祖《じ》父《い》ちゃんも。

食卓には、昼食が食べかけのまま放置されていた。焼きそばもまだ温かい状態だった。キッチンではヤカンが火にかかっていた。

みんな、どこにいったんだよ……。

明らかに異変が起きていた。神隠しにあったかのように、家族全員が忽然《こつぜん》と消えたのだ。

不思議なことはまだ続いた。

警察がやってきて、家族の捜索《そうさく》が始まったが、ニュースに取り上げられることもなく、新聞にも載らなかった。

得体《えたい》の知れない何かが、近づいてきている。

十三歳の充は、自分の人生が大きく変わったと直感でわかった。

何よりも驚いたのは、家族を失ったのにもかかわらず、一滴も涙が零《こぼ》れなかったことだ。

もちろん、悲しい。胸が押し潰《つぶ》されて、息ができないくらいだ。家族をさらったであろう何者かに怒りを感じ、復讐《ふくしゅう》を誓った。

でも、涙が出なかった。

運命が変わったと同時に、充自身の人間性も大きく変わった。

右目がなぜか赤く充血していた。

昨日までの充は、どこにでもいるような、ごく普通の中学生だった。野球部の朝練をたまに遅刻して監督に怒られ、二時間目が終わったあとに弁当を食べ、三時間目と四時間目の授業は寝て、昼休みは持ってきたパンを食べながら友達とふざけあい、放課後はまた野球部の練習に打ち込む。クラスではそこそこ人気者のグループに所属し、学校生活を楽しんでいた。

家族もごく普通だった。父親はサラリーマン、母親は専業主婦。二人とも典型的な一般人で、別に怪しい宗教をやっているわけではない。日曜日に何者かに拉《ら》致《ち》される覚えはない。

まともに悲しめない理由はそこにあった。あまりにも突然、身に覚えのない出来事が降りかかってきて唖然としているのだ。

家族を失った充は、札幌《さっぽろ》の親戚の家に預けられることになった。とても優しい人たちで、充を自分の子供たちと変わらぬ愛情で育ててくれ、転校した中学校を卒業できた。

高校の入学式の日、また事件は起きた。

親戚の一家全員が姿を消したのである。

食卓には、充の入学を祝うすき焼きの準備がそのまま放置されていた。

僕のせいだ！　僕が原因で大切な人たちが消えるんだ！

充は親戚の家を飛び出し、やみくもに走り出した。

何者かが、僕を監視している。絶対、そうだ。誰だ、何が目的だ。僕を苦しめてどうするつもりだ。

たまたま通りがかったタクシーに乗り込み、隣町の駅まで行ってくれとお願いした。十六歳の手持ちの金なんて、たかが知れている。どこまでも逃げ切れるわけじゃない。

マグマのような怒りが腹の底でグツグツと煮えたぎった。

許さない。僕の家族を奪った奴らを全員ぶっ殺してやる。

「今のお前ではまだ無理だ」

空耳かと思った。もしくは、親戚の一家が消えたショックで、自分の頭がおかしくなったのか。

「まずは己《おのれ》の力に気づき、自由に操れるようになれ」

話しかけてきたのは、タクシーの運転手だった。

この男、僕の心を読んでいる……。

「読んでいるわけではない。ただ、耳を傾けると聞こえてくるだけだ」

逃げろ！　恐怖で全身の毛穴が開いた。

偶然に拾ったタクシーではなかった。充が家から飛び出してくるのを待ち伏せていたのだ。

ドアを開けようとしたが、ロックがかかっていてビクともしない。

「長いドライブになる。ゆっくりと休め」

バックミラー越しに見える運転手の右目は、赤く充血していた。

何だ、この男は？

充は、とっさに助手席の前にある運転者証を確認した。まったく違う人物の写真が貼られている。この男は異様に髪の毛が長かった。

タクシーの運転手になりすまして、僕を待っていたのか？

「そうだ。待っていたよ。早く帰ってきてくれて助かった。このタクシーの運転手がいつ目を覚ますかわからないからな」

目を覚ますって、本物の運転手はどこにいるんだ？

「トランクだ。眠ってもらっている」

また心を読まれている……。ありえない。こんな超能力みたいなことが現実に起こるなんて。

「ぼ、僕も殺されるんですか」

思わず訊いた。

「僕も？」

男がクスリと笑う。

「誰かが死んだのか」

「とぼけないでください。僕の家族と親戚を消したんでしょ」

「消えてはいないよ。まだ生きている」

「嘘だ。だったらどこにいるんですか」

勝手に涙が零れてきた。恐怖よりも悲しみが込み上げてくる。

「教えて欲しいか」

男がゆったりとした声で言った。人を拉致している割には、落ち着きすぎている口調だ。

僕に何をさせるつもりだよ。

また、男が心を読んできて、答えた。

「世界を救ってもらう」

僕が？　世界を？

いつもなら吹き出すような陳腐《ちんぷ》な台詞《せりふ》だけれど、なぜか充の胸に突き刺さった。

もう一度、運転している男を観察する。

横顔しか見えない。年齢は四十歳前後だろうか。十六歳の充にとっては、大人の男だ。目つきや態度がどこか温和で、口元に笑みを絶やさず浮かべている。

何だよ、この雰囲気……。

拉致されたというよりは、天気のいい休日に無理矢理ドライブに連れ出された感じだ。

一体、何者なんだよ、コイツ。

「おっと、自己紹介がまだだったな」男が、チラリとバックミラーで目を合わせてくる。「私の名前は笛吹玄心だ」

「……ゲンシン？」充は下腹に力を入れ、言った。「僕の家族を返してください」

「返して欲しいのか」

「当たり前です。これ以上、ふざけないでください」

充は、身を乗り出して声を荒らげた。

玄心のヘラヘラとした態度に、思わず殴りつけたくなる。いや、運転していなかったら、ぶん殴っていただろう。

「物騒《ぶっそう》なことを考えるな。お前の家族は、ある場所で安全に暮らしているから安心しろ」

「安心できるわけないでしょ。拉致しておいて何言ってるんですか」

「拉致ではない。存在を消したのだ」

存在を消す？　どういう意味だよ。

「こういうことだ」

玄心の声に顔を上げ、仰天《ぎょうてん》した。

運転席に誰もいない。まるで、透明人間が運転しているかのように、ハンドルだけが動いている。

玄心が消えた……。というより、姿が見えなくなった。

こんなことが現実に起きるなんて、どう信じればいいのだ?

タクシーの窓の外を見て、さらに驚いた。大通りを走っているはずなのに、誰一人歩いていない。後ろのバスの中に、運転手や乗客がいない。他の車やバイクも、誰も乗せずに走っている。

僕は、頭が狂ったのか。

「いや、狂ってはいない」

次の瞬間、すべての景色が戻った。

運転席に、玄心が座っている。

大通りには人が歩き、後ろのバスにも運転手と乗客が戻った。

「嘘だ……」

「嘘じゃない。今、お前の目で確認しただろ」

「僕に催眠術《さいみんじゅつ》をかけたんですか……」

玄心が、最高の冗談を聞いたかのように豪快に笑った。

「そんな便利なものではない」

タクシーは高速に入り、充の住んでいた街から離れていった。

充は流れる外の景色を眺めながら、なるべく何も考えないように努めた。これ以上心を読まれたくないし、さっき自分が体感した現象を受け入れるのに時間がかかるからだ。

いつになったら、こんな奇妙な夢から覚めるのだろうかと、真剣に思った。

玄心がまた心を読んだのだろう。運転席から鼻で笑われた。

一時間もしないうちに、高速を降りた。右手に空港が見える。

「飛行機に乗るんですか？」

「そうだ。今から京都に行く」

京都？　中学の修学旅行で一度行ったきりだ。あのときは金閣寺《きんかくじ》や清水寺《きよみずでら》に行ったが、観光客が多すぎてあまりいいイメージはない。

「僕の家族も京都にいるのか」

「いないよ。説明はあとでする」

「今してください。じゃないと、飛行機には乗りません」

無駄だとはわかっていたけれど、精一杯の抵抗だった。

不気味な能力を持ったこの男に、逆らうことは決してできない。

「焦るな。これからもそうだ。どんな事態に遭遇しようとも、心を揺らすな」

「うるさい！」

「丹田《たんでん》に意識を集中させて、深く呼吸をしろ」

「黙れよ！　この野郎！」

空を飛ぶ飛行機を見て、完全にパニックになっていた。得体の知れない人間に、どこか遠く、それも現実には二度と戻って来られない場所に連れて行かれるイメージが、強烈《きょうれつ》に湧き上がる。

誰か助けてくれ！

「誰も助けてくれない。お前の人生はお前が守れ」

「あんたが僕の人生をメチャクチャにしたんだろ」

充は、タクシーの窓を叩き割ろうとして、力いっぱい殴りつけた。拳《こぶし》の骨に激痛が走っただけで、ビクともしない。

「窓を割りたいのか」

玄心が、また笑みを浮かべた。

拳がだめなら脚だ。

後部座席でひっくり返り、渾身《こんしん》の力を込めて窓を蹴《け》った。

それでも割れない。自分の無力さに泣きたくなる。

「お前の力なら、そんなことをしなくても簡単に割れるのに」

僕の力？　そんなものがあるわけないだろう！

「あるのだよ。ヘソの下に力を入れて、深く息を吸え。頭の芯が冷たくなったら、窓が割れる絵をイメージしろ」

玄心の声に誘導されるように、体が反応した。

吸い込む。深く息を。頭の中に氷があるような感覚。

――弾《はじ》けろ。

そう念じた途端、タクシーのすべての窓が一斉《いっせい》に吹き飛んだ。

な、なんだ？

いきなり、激しい頭痛が襲《おそ》ってきた。頭が割れるようだ。

……これは、僕がやったのか？

充は、こめかみの痛みを堪《こら》えながら、枠だけになった窓をしげしげと眺めた。

「そうだ。それがお前の〝力〟だ。なかなか、初めての解放でここまではならないぞ」

「解放？」

「お前の中にずっと隠れていたものだよ。精神を鍛えれば自由自在にコントロールできるようになる。あまりはりきりすぎると、脳の血管が切れるから気をつけろよ」

「僕に……何をしたんですか？」

「何もしていない。自分自身で引き出したのさ」

ゆっくりと頭痛が治まるとともに、気持ちも落ち着いてきた。

どこが変わったのかはわからないが、目の前の景色が昨日までとは違って見える。

「よし。飛行機に乗ってくれるな」

充は、無意識に頷いた。

ちょうど、丸二日——四十八時間が経った。充は病院のベッドで目を覚ました。

　窓から山の緑が見える。京都の嵐山《あらしやま》に来ていた。

　ベッドの脇から看護師が声をかけてきた。

「おはようございます」

　マネキンのように無表情な女だ。

「ここは普通の病院なんですか」

　女は、充の質問には答えず体温計を脇に差し込んできた。

「点滴のあとに食事が出ますが、何か嫌いな食べ物はありますか」

「点滴？　それって何の薬なんですか」

「ただのビタミン剤です」

「栄養なら充分とってるからいらないです。食事だけでいいです」

　その食事にも何が入っているかわかったものではないが、腹が減りすぎて目眩《めまい》がしてきた。

「そういうわけにはいきません。私の指示に従ってください」

「どうしてあんたの指示に従わなくちゃいけないんですか」

「私の指示は、玄心様の指示だと思ってください」

女が冷たい声で言い放った。

「その玄心はどこにいるんですか」

女はまた質問に答えず、点滴の針を充の右腕に刺すと、そそくさと部屋を出て行った。

逃げてやろうか。

一瞬、そんな考えも頭を過ったがやめた。

逃げたところで何も始まらない。今は、なるべく自分に起こった出来事を冷静に受け止め、これから先の人生に立ち向かう準備をしなければならないのだ。

だが、もしものときは……。

充は、点滴をしたままベッドを降り、何か武器になる物はないか探した。

玄心が現れたのは、それから二日後の朝だった。

「よう。元気そうだな。随分と顔色がいい」

相変わらずニヤけた顔で、からかうように見てくる。

「今日こそは、僕の家族に会わせてくれるんでしょうね」

「まだ早い」

「もう一度言います」充はなるべく低い声を出して、おどすように言った。「今すぐ僕の家族に会わせてください」

「ダメだ」

玄心が、冷たく言い放った。

充は、右腕の点滴を引き抜き、ベッドから飛び降りた。右手には看護師のポケットから奪ったボールペンが握られている。この二日間で何とか手に入れた武器だ。

首に突き刺してやる。

もし、まだ家族に会わせてくれないのなら、この病院から脱走すると決めていた。

玄心は、まったく動かなかった。咄嗟《とっさ》の出来事に、体が固まってしまったのか。

殺してしまうかもしれない。

一瞬、そんな考えが頭を過ったが、もう振り下ろす腕を止めることはできなかった。

玄心の首に、ボールペンが突き刺さったかと思ったそのとき、金縛りにあった
ように充の全身が硬直《こうちょく》した。

玄心の右目が赤い。この男の仕業《しわざ》だとすぐにわかった。

「それだけ元気なら、退院しても大丈夫だな」

今度はどこに連れて行く気だよ。

充は、病院の廊下を玄心と歩きながら心の中で呟《つぶや》いた。

「まずはこの病院の地下に行ってもらう」

充の心を読んだ玄心が答えた。

「地下に何があるんですか」

「私の家だ」

玄心がニヤニヤと不気味な笑みを浮かべた。

「こんなときに冗談はやめてください」

「くだらないジョークは言わない。本当に私の家があるのだよ」

「ここに住んでるんですか？」

「そうだ。今年で十年目になる」

エレベーターで一階のロビーに降り、入口近くの警備室へと連れて行かれた。警備室の隣の部屋の奥に、大人二人がやっと入れるくらいの小型のエレベーターがあった。

「さあ、潜《もぐ》るぞ」

エレベーターに乗った玄心が、充の肩を馴れ馴れしく叩いた。

「モグラみたいですね……」

エレベーターの中にはボタンが一つしかなかった。

玄心がそのボタンを押すと、エレベーターが軋《きし》むようなモーター音を立ててゆっくりと下降する。

「まだ着かないんですか」

一分ぐらい経っても、エレベーターは動いたままだった。

「病院の地下の階の、さらに下に造っているからな」

玄心が、充をなだめるように肩をすくめた。

「造ってるって何を……」

「核シェルターだ」

「わざわざそんな大げさなものを造ったんですか」

「少しも大げさなんかじゃない。この日本に核シェルターは数多く存在する。自分だけ生き残りたい金持ちは多いからな」

玄心が、珍しく真剣な顔で答えた。

「核戦争が始まるとでも言うんですか」

「お前は、始まらないとでも思っているのか」

「ちょっと待ってください。核戦争を止めるために僕をここに呼んだんですか」

「違う。核よりも、もっと恐ろしいものだ」

ようやく、エレベーターが止まった。

エレベーターを出ると、巨大な鉄の扉が目の前に立ちはだかっていた。黒いスーツに身を包んだ二人の屈強《くっきょう》な男が玄心に頭を下げる。

玄心が、充の目をじっと見つめ、語り始めた。

「世の中には、私たちのように特殊な能力を持った人間たちがいる。神に選ばれた者たちだ。私はお前を見つけ出すのに半年をかけた」

「どうやって、見つけたんですか」

「脳波だ。私たちは一般人とちがって、隠された脳の力を使いこなせる」

「隠された？」

「人間は脳の一〇パーセントほどしか使えていない。お前が四日前にタクシーの窓を割ったのは、脳の力を引き出したからだ。この施設で私たちの脳は研究され、世界の平和のために有効利用される」

「……モルモットになれというんですか」

「モルモットで済めばいいがな。さあ、仲間が待っているぞ」

玄心がまた不気味な笑みを浮かべたが、ひどく悲しんでいるようにも見えた。

ふいに右目が熱くなり、充は思わず瞼《まぶた》を押さえた。

1

京都駅のプラットホームから、ゆっくりと東京行きの《のぞみ》が発車した。

同時に、隣に座る石松凛花《いしまつりんか》がプシュッと梅酒ソーダの缶を開ける。

「凛花さん、何やってんですか? さすがにあかんでしょ」

柳楽大吉《やぎらだいきち》は、呆《あき》れた表情を隠そうともせずに訊《き》いた。

「大丈夫。梅酒だし。ソーダで割ってるし。鎌倉イエーイ」

凛花が支離滅裂《しりめつれつ》な返事をする。息が酒臭《くさ》い。

「昨日も朝まで飲んではったんですか」

「うるさい」

凛花が梅酒ソーダをひと口飲み、ぷいっと窓の外を見た。空は快晴。見事な秋晴れである。

「それ一本だけにしてくださいよ。旅行に行くんとちゃうねんから」

「はいはい」

「飲んだら寝てください。新横浜に着いたら起こします」

「はいはい」

投げやりにもほどがある声だ。それも仕方ない。凜花は、つい先週、同棲《どうせい》していた恋人と別れたばかりなのだ。別れた理由は怖くて訊けないが、どうやら凜花が一方的にフラれたらしい。

「ゆっくり飲んでくださいってば」

凜花がグビグビと飲むので、さすがに止めた。せっかくの美人が台無しだ。艶《つや》やかな黒髪に長い睫毛《まつげ》。秋物の白いワンピースがとても似合っている。まるで酔っぱらいの女子大生だ。凜花が市役所の職員とは誰も思わないだろう。

「あんたも飲めば」

「飲むわけないでしょ。朝の九時ですよ」

「つまんない男。だからモテないのよ。メガネ割ってやる」

「やめてください」

大吉は凜花の手を払いのけた。本気でメガネに手を伸ばしてきた。

「メガネ外したほうがいいって。頑張ればジャニーズに入れるって」

「入れるわけないでしょ」

「スーツ脱いで。ダサいから」

「脱ぎません」

「じゃあ、私が脱ぐ」

「あかん！」

首を絞めてやりたい。元々、凜花は酒癖が悪いが、失恋で拍車《はくしゃ》がかかっている。

「脱がないから教えて」凜花が悪戯《いたずら》っ子のような笑みを浮かべた。「この車両にいる？」

「いないですよ」

大吉はため息まじりに答えた。

「本当はいるんでしょ？」

「いませんって」

「私、信じてないいんだから。幽霊《ゆうれい》なんて存在しないんだから」

「じゃあ、訊かんといてくださいよ」

大吉には強い霊感があり、幽霊が目の前に現れるのは日常茶飯事《さはんじ》だった。子供の頃から見えるのでいちいち驚いていられない。そのせいで、二十五年間、変人扱いされ、《残念なイケメン》のレッテルを貼られてきた。

三ヶ月前、京都である事件に巻き込まれたのも、この能力のせいだ。大抵《たいてい》の霊は見えるだけで害はない。しかし、中には怨念《おんねん》を持ち、人間を襲う奴らもいる。おかげで、大吉も凜花も危うく命を落とすところだった。

安定を求めて市役所に勤めたのに、仕事で死にたくなんかない。

京都市役所心霊相談課。大吉と凜花が配属されている課だ。同僚は、《ＧＰＳ》と呼んでいる。ゴースト・サイキック・セクションの略らしい。カッコつけているが、要は市民の苦情相談を引き受ける部署である。幽霊が出るという噂で困っている不動産や、心霊商法に引っかかり、変な壺《つぼ》を買わされたおばあちゃんなど、色んな案件が舞い込んでくる。マイナーな課なので知らない市民も多い。この課があるのは全国で、京都と鎌倉の市役所だけである。

その鎌倉市役所に、突然、出張が決まった。「二人で行って来い」と課長に言い渡されたのだ。「鎌倉で何があったんですか？」と訊いても、「向こうの人間に説明してもらったほうがええやろ」とまともに取り合ってくれなかった。

すこぶる、嫌な予感がする。でも、これが大吉の仕事なのだ。

「ボンドに会いたいのよ……」

目を閉じている凜花が呟き、寝息を立て始めた。

ボンドというのは、凜花と一緒に住んでいた男が飼っているセキセイインコだ。青色の羽で首元に蝶《ちょう》ネクタイのような模様があって見た目は可愛《かわい》いが、不気味な鳥なので思い出したくない。予言めいた言葉を喋り、それが的中するのである。しかも、三ヶ月前の京都の事件ではボンドと名乗る男の霊が現れて、大吉を救ってくれた。

「どんだけメチャクチャな人生やねん……」

大吉は思わずぼやき、凜花が手に持っている飲みかけの梅酒ソーダの缶を取り、新幹線のゴミ捨てに入れるために席を立った。

一番前の席に座っている中年の女が、通路に顔を出し、じっとこっちを見ている。両目が白く、黒目がない。霊だろう。おそらく害はないが鬱陶《うっとう》しい。

また、ため息が漏れた。

2

「あっ」

鎌倉駅に向かって小町《こまち》通りを歩いていた暁奈々《あかつきなな》は、小さな声を上げた。食べていた《ロールいなり》を落としそうになる。商店街の入口にある鳥居の上に、青い炎が浮かんでいるのが見えたからだ。

「嘘でしょ……」

慌てて学校の鞄《かばん》からスマホを出し、母親にかけた。

『どうしたの？』

受話器越しに、モグモグと何かを口に含んでいる母親の声が聞こえる。多分、好物の鳩《はと》サブレーだろう。奈々が食いしん坊なのは絶対に遺伝だ。

「ヤバいよ」

『何が？　そうだ、帰りに牛乳買って来てね。ソーセージも。明日のあんたのお弁当に入れるから』

「ヤバいんだってば」

『だから、何が？』

「鬼火が出たの」

　鳥居の上に浮いている青い炎は、ゆらゆらと揺れてさらに強い光を放っている。当然だが、他の通行人や観光客には見えていない。

『どこに？』

　呑気《のんき》な母親も、さすがに緊張した声になった。

「小町通りの鳥居の上」

『あんた、学校は？』

「今から行くよ」

『また、サボってたのね』

「午後の授業から出るって」

　奈々は、鎌倉市の高校に通う一年生だ。最近切ったばかりのショートのボブは気に入っている。ただ、もう少し背が伸びて欲しい。あと、できるなら胸も大きくなってくれと、暇さえあれば願っている。

とにかく現実逃避が趣味で、よく学校を抜け出していた。今日も一時間目の数学が退屈極まりないし、窓の外に見える青空が素敵だったので「お腹が痛いから保健室に行きます」と言って脱走して、宝戒寺《ほうかいじ》まで萩《はぎ》を見に散歩をしていたというわけだ。鎌倉は修学旅行生が多いので、制服姿でウロウロしていても補導されないから、サボるにはもってこいの街である。

『あんた、いい加減にしなさいよ。お小遣いなしにするからね』

「それよりも鬼火なんだって。お祖母《ばあ》ちゃんはいるの？」

『ゲートボールよ』

「どうしよう？」

『とりあえず、あんたは学校に行きなさい。お祖母ちゃんには私が話しておくから』

「いいの？」

『あんた一人ではどうにもできないでしょ』

「そうだけど……」

『鬼火の大きさは？』

「たぶん、三十センチぐらいかな」

『ひとつだけ？』

「うん。でも凄《すご》くはっきりと見える」

鬼火を見たのは、これで三度目だった。奈々だけではなく、母親と祖母にも見える。暁家の女だけに代々受け継がれている力だ。

『今夜にも鬼が来るかもしれないね。充分に気をつけるんだよ』

「わかった」

電話を切ったあと、言いようのない不安に襲われた。大好物の《ロールいなり》の味がしない。

気をつけろって言われても……。

奈々はまだ鬼を見分けることができない。人間の姿でこの世に溶け込んでいるからだ。そして、鬼は狙った人間を不幸のどん底に突き落とす。

奈々が最初に鬼火を目撃したのは五歳の頃だった。児童公園のジャングルジムに登っていると、公園の隣の民家の上に、小さな青白い炎が三つあった。二日後、北鎌倉にあった民家が火事で全焼し、三人の住人が犠牲《ぎせい》になった。さらに、翌日、駅前のホテルが火事になり、逃げ遅れた宿泊客二人が死亡した。二件とも火事の原因は不明だった。

二度目の鬼火を見たのは小学校四年生の遠足で、佐助トンネルの中に、黄色くて一メートルはある大きな鬼火が浮いていた。それから一週間のうちに、鎌倉の各地で若い女の突然死が連続で起きた。明らかに鬼の仕業だった。やっかいなのは、事件が起きなければ鬼の居場所を絞れないことである。残念ながら、鬼火が出る場所と事件の現場とは関連性がないのである。

一度目も二度目も祖母がいなかったら、もっと被害は大きくなっただろう。

鬼払い。祖母と母親はそう呼んでいる。暁家の女たちの宿命だ。節分の豆撒《ま》きとはわけが違う。豆で逃げてくれるなら、いくらでも投げる。

「次に鬼が現れたときは、あんたも鬼払いを手伝うんだよ」

前回、母親にそう宣言されていた。あれを自分がしなくてはいけないと思うと、プレッシャーで吐き気がする。

今度はどんなが事件が起こるの……。

奈々はギュッと目を閉じ、駆け足で鳥居を抜けた。

3

「遠いところまで、わざわざありがとね」

日焼けした肩幅の広い男が握手を求めてきた。年齢は四十代半ばらしいが、やんちゃな少年みたいに笑う。

「はじめまして」

石松凜花は、おずおずと男の手を握った。隣に立つ大吉も緊張しながら自己紹介をしている。

鎌倉市役所の駐車場で、凜花たちが借りたレンタカーの前だ。待ち合わせにここを指定されたのである。海が近いからか、微《かす》かに潮の香りがする。

「鎌倉市役所のGPSの課長やらしてもらってます。よろぴくね」

何だ、この男？

いい歳をしたおっさんなのに、妙にノリが軽い。つい眉《まゆ》をひそめそうになる。アスリート系のハンサムなのに勿体《もったい》ない。凜花が言うのもあれだが、とても市役所に勤めている人間には見えない。しかも、課長だというではないか。

名刺には深沢晃士《ふかざわこうじ》と書かれている。

「GPSって祖父江《そふえ》さんがつけたの？　最高だよね」

祖父江とは京都市役所心霊相談課の課長である。強面《こわもて》なのに幽霊が怖くて、除霊グッズを集めている男だ。机の上や心霊相談課の隅に置かれている魔除けの石が邪魔《じゃま》で仕方ない。

「いいえ。先輩の甲斐《かい》さんという方が命名したんです」

大吉が、直立不動で答える。

甲斐は長髪の丸眼鏡で、ジョン・レノンにそっくりな男だ。元化学の教師で、髪を切るのを拒否して、心霊相談課に異動させられたという変人である。

「君が有名な霊媒師《れいばいし》君？」

「いいえ。霊媒師ではありません」

「でも、幽霊が見えるんでしょ？」

「はあ……まあ」

大吉が申し訳なさそうに答える。この男は何かと生真面目《きまじめ》なのだ。霊が見えるせいか、他人とのコミュニケーション能力が低い。とにかく、残念な男である。

「俺に憑《つ》いてるか見てよ。気を遣って嘘とか言わないでね」

「いや……それは……」

「早く、早く！」

苦手だ、この男。二日酔いだから、さらにキツい。

「アマさんが、肩に手を置いてますね」

「アマ？　寺の？　海の？」

「海のほうです。首にワカメが絡《から》みついているので」

「マジ？　俺がサーフィンやってるからかな」

深沢が嬉《うれ》しそうに笑う。ますます、ガキみたいだ。

「それで、お肌が真っ黒なんですね」

凜花は、作り笑顔で訊いた。

「君、可愛いねえ。いいなあ、俺も京都市役所で働きたいなあ」

「あ、ありがとうございます」

「彼氏はいるの？」

深沢の質問に、大吉がビクリと反応する。

凜花は、さらに頰《ほお》を引き攣らせて笑顔を作った。

「……いません」

失恋の傷は癒《い》えるどころか、毎晩、朝まで飲む度に悪化している。同棲していた長坂《ながさか》はちゃんとした理由を言わずに去っていった。結婚の可能性が見えないので、いつか凜花のほうからフッてやろうかと思っていたのに、先手を打たれたのだ。

「ラッキー。俺も今フリーなんだ。バツイチだけど」

深沢がウインクをした。一気に殺意が湧く。

「あの……僕らが呼ばれた理由は何でしょうか？」

大吉が助け船を出してくれた。

「そうだよね。気になるよね。じゃあ、相談者に会いに行こう。運転は俺がしたほうがいいよな」

深沢が大吉からキーを受け取り、颯爽《さっそう》と運転席に乗り込む。

「他の人たちは行かないのですか？」

助手席に乗った凛花が深沢に訊いた。

「だって、俺しかいないんだもん」

「えっ？」

「全員、辞めた。今回の相談の件でな」深沢の顔が、急に曇《くも》る。「俺はもともと観光商工課だったんだけど、心霊相談課に異動させられたってわけ」

「どういうことですか？」

「ビビっちゃったんだよ」

深沢が肩をすくめてエンジンをかける。飄々《ひょうひょう》とした口調だが、さっきよりもトーンが暗い。

「そんなにヤバい案件なんですか……」

後部座席の大吉も、早くも泣きそうになっている。

夏に京都で起きた事件のせいで、凛花は今でも夢でうなされるのだ。あんな目には二度と会いたくない。

「だから、君たちを呼んだんだろ。期待してるぜ。無事に解決したら凛花ちゃんと飲みに行きたいな」

深沢がウインクしてレンタカーを発車させた。

4

午後一時。結局、奈々は学校に行かずに、由比《ゆい》ヶ浜《がはま》にある実家に帰った。

「あら、奈々ちゃん早いねえ」

猫を抱いた祖母のせらが、玄関に迎えに来てくれる。八十歳にしては背筋がピンと伸び、肌にハリもある。髪を紫に染めて気分まで若い。焼肉が好きで、行きつけの店に週に一回は通っているから馬力があるのだ。

「ただいま！」

「また猫を盗んできたの？」

「まあ、失礼ね。人を泥棒みたいに言って」

「だって、首輪してるじゃん」

見たこともない三毛猫が、せらに首を撫《な》でられてウットリしている。

せらの悪い癖は、散歩中に気に入った猫や犬がいると連れて帰ってくることだ。飼い主のもとに返しに行く、こっちの身にもなって欲しい。

「この猫ね、ミーちゃんっていうの」

「またミーちゃん？　何匹目よ」

大抵、猫はミーちゃんかニャン太郎、犬はポチかチャッピーだ。

リビングに入るとエプロン姿の母親の多江《たえ》が、口をモグモグさせて眉間《みけん》に皺《しわ》を寄せている。案の定、手には鳩サブレーを持っている。

多江はタレ目の美人なのだが、いかんせん食べすぎでぽっちゃり体型だ。多江が鳩サブレーを食べる度に、奈々は自分の未来を垣間見《かいまみ》ているようで怖くなる。

「奈々、何でこんなとこにいるのよ」

「鬼火のことが気になったんだもん」

「学校は？」

「大丈夫。午後は体育だけだもん」

授業内容はダンスで、運動神経とリズム感がゼロの奈々にとっては苦痛でしかなかった。日本人なんだから、どうせなら盆踊りにしたらどうだろうか。

「今日だけはしょうがないとしても、今度サボったら、お小遣い一年間なしだからね」

「はいはい」

奈々は、鞄をソファに放り投げて食卓についた。

「では、家族会議をしましょうね」

せらが猫を抱っこしたまま食卓につく。

「お祖母ちゃんも、たまには奈々を叱ってちょうだいよ」

多江がイライラしながら、新しい鳩サブレーを袋から取り出した。

「あんたも相当自由に生きてきたけどね」

「今、その話は関係ないでしょ」

「あんたが奈々の歳の頃、どれだけ警察に迎えに行って頭を下げたことか」

せらの話では、学生時代の多江は相当な不良だったらしい。今はそんな面影《おもかげ》はまったくないが、奈々が三歳の頃、浮気した父親をフライパンで半殺しにして離婚した。それは奈々のトラウマになっている。

「奈々、鬼火を見た話をお祖母ちゃんにしてあげて」

自分の過去を突っ込まれて形勢が悪くなった多江が、咳払《せきばら》いをして奈々を見た。

「小町通りの鳥居の上に現れたの。そんなに大きくなかったけれど」

「ふむふむ。大きさは関係ないからねえ」

のんびりと猫を撫でているが、せらの目は真剣だ。

「私……何をすればいいのかな？」

奈々は、なるべく不安げな顔で訊いた。うまくいけば、鬼払いを手伝わなくてもいい展開になるかもしれない。

「奈々ちゃんには《餌《えさ》》をやってもらおうかね」

せらが優しい声で言った。

奈々の背中がゾクリと寒くなる。

「マジ？」

あまりのショックに、椅子からずり落ちそうになった。

「お祖母ちゃん、奈々に《餌》はまだ早いんじゃない？」

さすがの多江も心配そうな表情になる。

「じゃあ、《籠《かご》》をやらせるのかい？」

「それは……」

簡単に言うと《餌》は鬼をおびき寄せる係で、《籠》は捕らえる係だ。

「私も歳だから、《籠》と《払い》を同時にはできないよ」

前回の《餌》は多江が担当した。ちなみに《払い》は、せらしかやったことがない。

「奈々、できる？」

多江が、鋭い視線で奈々の目を覗き込む。

「私が……やるしかないんでしょ」

暁家に生まれた運命を呪うしかない。ただ、とてつもなく理不尽だ。鬼を鎌倉から追い払ったからといって、ギャラを貰《もら》えるわけでも、市から賞状を贈られるわけでもない。いわば、究極に危険なボランティアである。前回の《鬼払い》は苦戦して、多江は勤めていた保険会社をクビになった。忙しくて、まともに出社できなかったのだ。現在はパートを転々として家計を支えてくれている。この古い家だって、せらの持ち家だった。

「奈々の覚悟が決まったのなら、準備に入るよ」

せらが首を回して、コキリと骨を鳴らした。猫が何かを感じ取ったのか、せらの膝から急に飛び降り、ダッシュでリビングから出て行った。

5

「どうぞ。粗茶ですが」

骸骨《がいこつ》のように頬がこけた男が、大吉と凜花の前に緑茶を置いた。顔色が酷《ひど》く悪く、今にも倒れそうだ。声も弱々しく、白いシャツがよれよれで何日も着ているのがひと目でわかった。二十代後半だと深沢に聞いていたが、遥《はる》かに老《ふ》けて見える。

「こちら、新谷《しんたに》さん」深沢が男を紹介する。「二ヶ月前、婚約者が交通事故でお亡くなりになったんだ」

「それは……ご愁傷《しゅうしょう》様です」

凜花がペコリと頭を下げたので、大吉も合わせた。一気にリビングが気まずい空気に包まれる。

大船《おおふな》の駅前にあるマンション。窓からイトーヨーカドーが見える。間取りは３ＬＤＫで、一人で住むには明らかに広い。きっと、婚約者と一緒に住んでいたのだろう。

この悲劇に見舞われた男が依頼人である。彼の相談で、鎌倉市役所心霊相談課の職員の全員が辞めたのだ。ヤバい案件には間違いないが、この部屋に霊は見えない。

「ただ、その交通事故に不可解な点があったんだ」深沢が、緑茶をひと口飲んで話を進める。「ねえ、新谷さん」

「はい……」大吉たちが座るソファの前の絨毯《じゅうたん》に、新谷が正座をした。「車の事故だったのですが……婚約者のヒロミは知らない男と車に乗っていました」

「どういうことですか？」

凜花が眉をひそめて訊き返す。

「赤の他人が運転する車の助手席に乗っていました」

「その男も事故で死んだそうだ」

深沢の言葉に新谷が無言で頷く。顎《あご》の筋肉がピクピクと痙攣《けいれん》した。奥歯を噛みしめているのだ。

「失礼ですが、その男とヒロミさんとの関係を教えていただけますか」

凜花がズバリと際どい質問をした。彼女のこういうところは尊敬できる。大吉よりもよっぽど度胸《どきょう》がある。酒癖さえ悪くなければ、最高の市役所職員になれるのにと毎回思う。

「関係はありません」

新谷がきっぱりと答えた。

「はい？」

「男とヒロミはまったくの無関係でした」

「つまり……」

凜花がますます眉をひそめて首を傾《かし》げる。

「最初は浮気を疑ったのですが、二人は初対面だったんです」

「なんで無関係やのに、一緒に車に乗ってはったんですか？」

大吉も思わず質問をした。

「わかりません……」新谷が力なく俯《うつむ》き、震える声で答えた。「相手は四十過ぎの男で名古屋に住んでいました。男の奥さんと何度も話し合い、協力して遺品や携帯電話の履歴などを調べたのですが、どう考えてもヒロミとは接点がなかったんです」

「名古屋に住んでいた男が何の前触れもなく車で鎌倉に来て、他人のヒロミさんを乗せて事故を起こしたってわけだ」

深沢が、お手上げだと言わんばかりに両手を広げる。

「ヒロミさんがヒッチハイクをしたとか？」

凛花が訊いた。それなら他人同士が車に乗ることはありえなくもない。

「ヒロミが事故に遭《あ》ったのは授業中でした」新谷が辛《つら》そうに答える。「小学校の教師だったんです」

「授業中に？」

「生徒たちの証言では、何も言わずに授業を放棄《ほうき》して教室を出て行ったらしい」

深沢が代わりに答え、新谷が頷いた。

「警察に捜査はしてもらわなかったんですか」

凛花が身を乗り出して訊いた。摩訶《まか》不思議な事件に惹《ひ》きつけられているようだ。

大吉は少し違った。全身の皮膚《ひふ》の内側に無数の蟻《あり》が入り込んだような感覚に、身を捩《よじ》りたくなるのを必死で堪えていた。

霊はいないはずなのに、心がざわつく。人間に害を及ぼす低級霊と遭遇したときと、同じ気配がする。

「警察には、単なる事故死として処理されました」新谷が目をしょぼつかせる。

「自殺願望のある二人がネットで出会ったのではないか、と言われましたけどね。でも、そんな痕跡《こんせき》も見つからなかったんです」

「どんな事故だったんですか？」

凜花が、またズバリと質問した。

「ダンプカーと衝突しました……二人ともシートベルトをしてなかったんです」

新谷の左目から、ひと筋の涙が零れ落ちた。婚約者の最期《さいご》を思い出しているのだろう。

「しかも、道路にブレーキ痕《こん》はなかった」

深沢も暗い表情になり、静かな声で言った。

死んだ二人は悪霊《あくりょう》にでも取り憑《つ》かれたのか。それ以外に説明がつかない。

……何だ、あれ？

キッチンの冷蔵庫の前に、青い炎が浮かんで揺れていた。

6

「思ったよりも小さいね。もっと、巨大かと期待してたんだけどなあ」

如月初音が、高徳院《こうとく》の鎌倉大仏を見上げながらぼやいた。

「かなりデカいだろ。考えてみろよ。大昔の人が造ったんだぞ」

広尾雄平が小馬鹿にするように鼻を鳴らす。

「だって、写真でしか見たことなかったんだもん」

「初音は想像力が逞《たくま》しいからなあ。ムッツリすけべだし」

雄平が初音をイジり続ける。いつもの光景だ。

「何よ、それ？　また勝手に私の心を覗いたの？　セクハラなんですけど」

「声が聞こえてくるんだから仕方ねえだろ」

「サイテー」

「エロいこと考えなきゃいい話だろ」

「人間は全員スケベなんです」

「それが年頃の女の台詞かよ」

「うるさい！」

短気な初音が挑発に耐え切れず、雄平の頭を平手で叩いた。パコーンと小気味のいい音がする。

「いってえ！　暴力反対！」

「死ね！」

初音が今度は、雄平の尻を蹴り上げた。

「やめろって！　おい、充！　笑ってないで助けろよな！」

無口な充は、二人のやり取りを見ているだけで幸せな気持ちになる。

あれから、十年の月日が経った。

玄心様が、赤池充の前に現れてからの日々は充実感に満ち、集められた仲間たちは充と同様に幸せに溢れていた。京都の嵐山に本部がある《世界玄心教》の皆は、玄心様に救われて新しい人生を与えられた。

もし、玄心様に出会っていなければ？

その後の人生を想像するだけでも恐ろしい。充たちは、運命の因果で普通の人間にはない歪《いびつ》な力を持って生まれてきた。能力が覚醒したばかりの頃は、そんな力をコントロールできるわけがなく、命を絶ちたいと思ったことも一度や二度ではない。

自分は得体のしれない怪物なのだ。そう思い込んでいた。

玄心様は全国を周り、特殊な能力を持つ人間を一人、また一人と見つけ、導いてくれた。力の正しい使い方を親身になって教えてくれたのだ。

今、こうやって鎌倉大仏の前にいる充たちは、観光にはしゃぐ若者にしか見えないだろう。だが、充たちには使命がある。

「ああ、腹減ったな。何か食おうぜ」

雄平が大げさに顔をしかめて腹をさすった。玄心様に憧《あこが》れて髪を伸ばし、毛先が肩まで届いている。百八十七センチの長身で、こうして、今どきの服装をしているとファッションモデルのようだ。

「私、しらす丼食べたい！　江《え》ノ島《しま》行こうよ！」

初音も今回の任務で一般人に溶け込むために、髪を茶色に染め、パーマをかけた。薄いピンクのコートが似合っている。

充はベースボールキャップとスカジャンをあてがわれた。試したことのないスタイルなのでどこか、こそばゆい。ただ、身長が百七十センチに少し足りないので雄平と並ぶとチビに見られて嫌だ。

「江ノ島は遠いだろ。面倒臭《めんどうくせ》えな」

雄平が文句を垂れる。これもいつものことだ。

「江ノ電に乗って景色を見てれば、すぐに着くよ」

「おいおい、初音。俺たちは観光客じゃねえんだぞ」

「わかってるわよ。でも、玄心様からの連絡がない限り、動きようがないじゃん」

「そのときのために、ゆっくりと体を休めといたほうがよくね？」

「雄平はさっさとホテルに戻って昼寝したいだけでしょ？」

初音が頬を膨《ふく》らませる。彼女はどんな仕草も可愛い。十七歳の頃から知っているが、最近は可愛いだけではなく、大人の女性の魅力が増してきた。

　充は決して態度には出さなかったが、初音の近くにいるだけで胸が張り裂《さ》けそうになる。これが恋という感情なのかはわからない。十年間の《世界玄心教》での生活の中では、一般の若者が体験できるようなことは何一つなかったからだ。充も雄平も、二十代半ばにして女性経験がゼロだ。初音も男性とつきあったことはないはずだ。

「充は何が食いたい？」

　雄平が、わざとらしくあくびをしながら訊いてきた。

「僕は……何でもいいよ」

「もう、優柔不断なんだから」

　初音がプイッと横を向く。最近、充に対する態度が冷たくなってきているのが気になる。きっと、初音は雄平のことが好きなのだろう。それは、だいぶ前からわかっている。それでも二人がふざけあっている姿を近くで見るだけで、充は満足だった。

「じゃあ、ホテルの近くでラーメンでも食おうぜ」

雄平が、伸びをしながらスタスタと歩き出す。

「勝手に決めないでよね！」

初音が追いかけ、二人は鎌倉大仏から離れていった。

胸が痛い。早く使命を終わらせて京都に帰りたい。

充は、玄心から預かった資料を頭の中で思い返した。

暁奈々。十六歳。高校一年生。充が、玄心様に出会ったときと同じ年齢である。

彼女を説得し、京都に連れて帰ること。玄心様のために、世界の平和のために必ず成し遂《と》げなければならない。もし、説得できなければ、家族ごと抹殺《まっさつ》することになる。

充は、二人を追う前にもう一度、鎌倉大仏の顔を拝んだ。気のせいか、充たちと同じように、右目だけが赤く見える。

大仏の右目から、涙が零れ落ちた。

7

「さあ、乾杯しようか！」

深沢がシャンパングラスを上げた。まだ酒が一滴も入ってないのにテンションが高い。

午後六時半。凜花たちは、鎌倉市役所から徒歩十分内にあるイタリアンレストランに来ていた。庶民的な雰囲気の店で、早い時間だというのに若者でほぼ満席だった。

「二人ともガンガン食べてね。ここのピッツァは本場のナポリにも負けないぞ」

凜花は、深沢の軽いノリにいい加減に疲れてきた。《ピザ》ではなく《ピッツァ》とわざわざ言うのもウザい。

「ナポリに行ったことがあるんですか？」

大吉がチビチビと飲みながら訊いた。

「ない！　飛行機、嫌いだからね」深沢がウキウキとメニューを開ける。「とりあえず、しらすのピッツァを頼もうか。絶品だからさ。白ワインのボトルもいっちゃおう」

どこまでも適当な男だ。嫁に逃げられたのも頷ける。

十五分も経たないうちにテーブルの上に次々と料理が並んだ。香ばしい匂いに唾《つば》が湧いてくる。

「どうだ！　美味《うま》そうだろ？」

深沢がテキパキと料理を取り分けてくれる。

「ぼ、僕がやりますよ」

大吉が代わろうとしたが、深沢はやんわりと拒否した。

「いいよ。俺、学生時代に飲食のアルバイトを渡り歩いてたからさ、人任せにするの嫌なんだよね。ほい、凜花ちゃん」深沢が、前菜を綺麗に盛り合わせた皿を、先に凜花の前に置いた。「嫌いな食材とかあるなら言ってね」

レディファーストだ。レストランに入るときもドアを開けてくれ、椅子も引いてくれた。

やけに女慣れしてやがる。離婚の原因が薄々とわかってきた。

「めっちゃ美味い！」

しらすピッツァにかぶりついた大吉が、興奮して目を見開いた。普段、あまり感情を表に出さない大吉にしては珍しい。

「最高だろ？　ほら、飲んで飲んで」

深沢が得意げに鼻を膨らませ、大吉のグラスにワインを注《つ》ぐ。

「ありがとうございます」

深沢が京都市役所にいないタイプだからなのだろうか、大吉も嬉しそうだ。凜花と別れた長坂との接し方に微妙な距離があったから、歳上の人間が苦手なのかと思っていた。

「凜花ちゃんは飲まないの？」

「いいえ、私はウーロン茶で」

「あれ？　お酒苦手なの？」

「そういうわけではないですけど……」

あまりこの男の前では飲みたくない。なぜだかわからないが、酔った姿を見せたら負けな気がする。

「せっかく出会えたんだし、飲まなきゃ損だよ。しらすピッツァと白ワインの相性は抜群なんだから」

「たまには飲まないのもいいと思いますよ、僕は」

大吉が余計なひと言をボソリと呟く。

「何？　凜花ちゃん、いつもはそんなに飲んでるの？」

「酒豪《しゅごう》です。最近、彼氏にフラれたからヤケクソなんっすよ」

大吉は早くも慣れないワインで酔っているらしい。テーブルの下で思いっきりスネを蹴ってやると顔をしかめ、それでもしらすのピッツァをモグモグと食べる。

「そうかあ。じゃあ、今夜は愛について語ろうか」

深沢が、強引に凜花のグラスに白ワインを注いだ。

「新谷さんの件は話し合わなくていいんですか？」

凜花が渋々とグラスワインを飲んで訊いた。たしかに、きりりと冷えていて美味い。

「だって、何を話せばいいかわかんないじゃん。赤の他人同士が唐突にドライブして事故を起こしたって言われてもなあ」

「まあ……そうですね」

新谷の依頼は、「なぜ、二人が一緒に車に乗っていたのか解明して欲しい」だった。新谷からすれば婚約者を失った上に、理解できない謎が残されているのだから、地獄の苦しみなのだろう。

「大吉君は、あの部屋で幽霊が見えたの？」

「霊というか……火の玉みたいなものが浮かんでました」

「おいおい、それってヤバい霊なのか？」

深沢が、顔を青ざめさせて白ワインを飲む手を止める。

「わかりません。すぐに見えなくなりましたし……」

「新谷さんの婚約者が霊に殺されたとかやめてくれよ」

「ありえない話ではないかもしれません」

霊の仕業ならば、新谷さんの婚約者を襲った不可解な現象も納得できなくはない。以前ならまったく信じなかっただろうが、京都の事件での経験が凜花を変えた。

「どうすればいいの？　心霊相談課の仕事って、何をすればいいかわからないんだよね」

深沢が、早くも仕事を放棄《ほうき》した。ここは凜花が仕切るしかないようだ。

「明日は新谷さんの婚約者が事故を起こした現場を調査するのと、心霊相談課を辞めた人たち何人かと話をしたいですね」

「了解。手配する」

深沢が、気合を入れるように白ワインをグビリと飲んだ。

出張の期間は一週間だ。時間の余裕はほとんどない。

テーブルの上に置いていた凜花のスマホが震えた。何気なく画面を見て、スマホを落としそうになった。

『話がしたい。今、ボンドと鎌倉に着いた』

長坂からのメールだった。

8

深夜。由比ヶ浜の住宅街。

奈々は、家の近所にあるコンビニにヨーグルトを買いに来ていた。駐車場のアスファルトに座ってタバコを吸っているヤンキーがいるだけで、店内には誰もいなかった。

「いらっしゃいませ」

レジにいる金髪の青年が、にこやかな笑みを浮かべる。

奈々の心臓が跳ね上がった。急に顔の前の酸素が薄くなったみたいに息が苦しくなる。

「こ、こんばんは」

挨拶《あいさつ》するだけで首から上の全部が熱くなった。

「ヨーグルト好きだよね」

「は、はい」

「そんなに好きなら、まとめ買いすればいいのに」

「ですよね」

笑い声が裏返りそうになる。毎晩、買いに来ているのは彼に会いたいからだ。

彼の名前は、《針田《はりた》》。名札で知ったから苗字しかわからない。年齢は二十歳前後だろうか。髪の色からして学生かフリーターだと思う。くっきりとした二重瞼《ふたえ》と高い鼻で、ハーフみたいな顔つきをしている。声も高くて綺麗なので、奈々は勝手にバンドマンでボーカルなのだろうと想像していた。

たった、これだけの会話で幸せだった。寝る前に彼の顔を見て声を聞くだけで、よく眠れた。とくに、今日は昼間に《鬼払い》の準備をして疲れたから、癒《いや》しが欲しかった。

「針田君、ドリンクの補充に行ってくれる?」

レジにもう一人いた白髪《しらが》交じりの中年女性が、針田に指示を出した。出た、《菅野《すがの》》のババアだ。今夜もムカついてしょうがない。顔の輪郭《りんかく》が異様に四角くて目が細すぎる。いつも、奈々がレジにヨーグルトを持って行ったタイミングを見計らうかのように、針田に仕事を頼むのだ。

本当、意地悪なんだから……。奈々の若さに嫉妬《しっと》しているとしか思えない。もっとも、邪魔をされなかったところで、針田とは緊張して会話は続かないだろうけど。

「了解です」

針田がドリンクコーナーに向かう姿を見送ったあと、奈々はレジでヨーグルトのバーコードを読み取る菅野を睨《にら》みつけた。

コンビニを出たあと、肌寒い中、家路を急ぐ。空気が澄んでいて月が綺麗だ。

アタシ、彼氏できるのかな……。

ちょっと泣きそうになってきた。暁家に生まれたせいで、彼氏どころか結婚できるかさえも怪しい。現に、祖母のせらも母親の多江も、結婚に失敗している。

せめて、普通に暮らしたい。物心がついたときからの奈々の切実な願いだ。

しかも、初めて《鬼払い》を手伝うのに《餌》は荷が重すぎる。家出をしてやろうかと真剣に悩みたくなる。

「鬼の欲望を見抜くことだよ」

昼間、せらが教えてくれた。

「そして、待っていることを鬼に悟られちゃいけない。大丈夫、私が初めて《餌》をやったのは十三のときで、多江は十四だった。暁家の女ならば通らないといけない道なのさ」

《餌》の仕事内容はとてもシンプルだ。鬼の犠牲者《ぎせいしゃ》と同じ行動をとるだけなのだ。水辺の事故が続けば海や川に行き、不審な飛び降りが増えたなら、なるべく高い建物の屋上に行けばいい。

そこに、鬼が現れる。しかし、鬼は人間に成り済ましているので、ギリギリまで、誰が鬼かわからない。奈々に危害が及ばぬようにしてくれている、《籠》の多江と《払い》のせらを信じるしかないのだ。

「大丈夫。私たちには大仏さんがついてくれているじゃない」

多江が鳩サブレーを食べながら、励《はげ》ましてくれた。

せらの話では、大仏は鎌倉に鬼を寄せつけないために造られたらしい。暁家の重大な行事として、毎月の大仏参詣は欠かせない。暁家にとって大仏は、守り神みたいなものなのだ。

道路の角に、黒いワンボックスカーが停まっていた。コンビニに行くときにはなかった車だ。

奈々の背筋にひんやりと冷たいものが走る。

角を曲がれば、すぐに奈々の実家の一軒家が見えるのだが、足がすくんで前に進めなかった。

遠回りをしたほうがいい。もしくは、もう一度コンビニに戻って、助けを求めるか。

「ううっ……」

えっ？　何？

ワンボックスカーの陰から、女の人の呻《うめ》き声が聞こえた。よくみると、薄いピンク色のコートを着た二十代の女性が、お腹を押さえてうずくまっている。他に人は見当たらない。

「大丈夫ですか？」

奈々は急いで駆け寄り、女の背中をさすった。

次の瞬間、女が顔を上げてニッコリ笑った。

「ごめん。本当はこんなもの使いたくないけど、大声出されるのは困るから」

首に黒いものを押し付けられる。バチンと鋭い痛みと音が全身に走り、奈々は意識を失った。

9

「これ……ほんまにホットケーキですか？」

大吉はテーブルに置かれた皿を見て、目を丸くした。五センチほどの生地が二段に重なっている。ホットケーキというよりはカステラみたいだ。

「有名店なのかな？」

向かいに座る長坂が、窓の外を見て言った。開店して間もないのに、早くも行列ができている。

「みたいですね」

大吉は、ぎこちない笑顔で答えた。

午前九時。鎌倉駅前の小町通りの近くにあるカフェで、大吉は凜花の元カレと朝ご飯を食べていた。

「男二人で朝からカフェは怪しいよな」

「ですよね」

長坂が寂《さび》しそうな笑みを浮かべる。ハットに無精髭《ぶしょうひげ》、どことなくジョニー・デップに似ているが顔色が悪い。

気まずい……。

こうやって、二人で会うのは初めてだ。長坂が京都の木屋町《きやまち》で経営しているバー《グリーンマイル》には、いつも凜花や他の客がいた。

厳密に言うと、二人ではない。長坂の隣の椅子には小さな鳥籠《とりかご》が置いてあり、中ではボンドがくちばしで身づくろいをしている。

「凜花から、連絡あった？」

「……まだないです」

昨夜は、しらすのピッツァがやたらと美味かったイタリアンのあと、二軒目は深沢の行きつけのジャズバーに連れて行かれた。そこでは、ハイボールを立て続けに飲まされて、天井がガンガン回った。

鎌倉駅前のビジネスホテルの部屋に戻ってベッドにぶっ倒れ、朝方、猛烈《もうれつ》な喉《のど》の渇《かわ》きで目が覚めた。スポーツドリンクを買おうとビジネスホテルの斜め向かいのコンビニへ行こうとしたら、玄関先に鳥籠を抱えた長坂が、どよんとした雰囲気で立っていたのだ。凛花に会うために京都から鎌倉までやって来たのだが、夜中に凛花と喧嘩《けんか》をして部屋から追い出されたらしい。結局、長坂は大吉の部屋でひと眠りし、こうやって朝食を共にしているわけだ。

「やっぱり、会いに来たのがまずかったかなあ」

長坂が、ホットケーキをフォークでつつきながら顔をしかめる。

「仕事中ですからねえ」

「だよなあ……鎌倉市役所の人にも迷惑かけちゃったし」

「深沢さんですか？」

「うん。凛花が部屋で怒鳴《どな》り散らしたから、心配して様子を見に来たんだ」

深沢の家は湘南《しようなん》のほうにあるようだが、酒が入って遅くなったので大吉たちと同じビジネスホテルに宿を取ったのだ。

「それはまずいっすね」

大吉はホットケーキを口に入れて、同じように顔をしかめてみせた。メープルシロップをたっぷりと吸い込んで、甘党にはたまらない味だ。

「凛花は頑固だからなあ」

長坂が弱々しく息を漏らす。

「あの……どうして凜花さんと別れたんですか？」

凜花とは恋愛の話をしたことがない。そもそも、彼女はあまり自分のことを語ってはくれなかった。

「……理由はいろいろとあるんだけどね」

「凜花さんとの結婚は考えてなかったんですか？」

「もちろん考えたけど、俺とは夫婦にならないほうがいいだろ」

「どうしてですか？」

「だってさあ……彼女はちゃんとした公務員だし」

「長坂さんだって、ちゃんとしたバーを経営してるやないですか」

「どこがだよ。常連客でギリギリもってるだけなのに。この歳で貯金もほとんどないしさあ。凜花の部屋に転がり込んで居候《いそうろう》してるしさあ」

爽《さわ》やかな朝カフェでは聞きたくない台詞である。

「自分から身を引いたってわけですか」

「……そんな感じだよね」

「でも、ヨリを戻したくなったと？」

「まあね。別れてすぐに後悔したんだよ」

長坂が重いため息を漏らし、ブレンドコーヒーを飲んだ。酒を飲んでいる姿しか見たことがないから新鮮だ。

「凜花さん、この一週間、荒れてましたよ」

「だろうなあ。大吉君、なんとかアイツを説得してくれない？」

「僕が？　いやいや、勘弁してください」

「頼む。この通り！」

長坂が、両手を合わせて頭を下げた。

「いや、困りますってば。仕事で来てるんですよ」

「それまで、大吉君の部屋で待たせてもらっていいかなあ」

「はあ……」

優しい顔をして強引な男だ。あの凜花の部屋に転がり込めるのも頷ける。

「ありがとう。恩に着る。今度、《グリーンマイル》に来たときは好きなだけ飲んでくれよな」

「……わかりました」

あっさりと丸め込まれてしまった。

ため息を呑《の》み込み、とりあえず甘ったるいホットケーキを腹に詰め込む。凛花と深沢とは、午前十時にビジネスホテルのロビーで待ち合わせだ。今日は新谷さんの婚約者の交通事故の現場の調査と、鎌倉市役所の心霊相談課を辞めた連中と会わなければならないので、何かと忙しい。

「ごちそうさま」

二人がホットケーキを食べ終え、お会計をしようと立ち上がったとき、鳥籠の中でボンドが突然、羽ばたいて喋り出した。

『オオキナ、ダイブツ、ナミダ、ナガシタ。ウミニ、オニガ、アラワレタ』

京都の事件が終わったあと、《グリーンマイル》で聞いた予言だ。

10

もしかしたら、私は死んでしまったのかもしれない。

そう錯覚してもおかしくなかった。この状態がずっと続くのならば、いっそのこと死んでしまったほうが楽かもしれない。

奈々は、下腹に力を入れて呼吸を整えた。涙は涸《か》れてしまって、もう一滴も出ない。

パニックは終わりだ。この状況をなんとか冷静に考えてみよう。

昨夜、奈々は拉致された。覚えているのは、コンビニを出たあと、若い女性がワンボックスカーの側でうずくまっていたことだ。

……あれはスタンガン？

テレビとかでしか見たことがないから、よくわからない。失神したあとは、あの黒いワンボックスカーで運ばれたのだろう。

でも、まったく普通の若い女性だった。何の理由があって、女子高生の奈々をこんな目に遭わせるのだろう。

奈々は今、監禁されている。ここが、どういう場所なのかもわからない。なぜなら、照明がまったく点《つ》いてなくて、完全な真っ暗闇なのである。背後には壁があるので、とりあえずもたれて座っている。右手の感触でいうとコンクリートだ。

そして、左手首には手錠《てじょう》をかけられている。手錠の先に繋がれているのは、人間だった。

怖くてしっかりと触れなかったが、冷たくて体温がなかった。

きっと、死体だ。闇の中で、そんなものと繋がれるなんて、頭がおかしくなる。

もちろん、夢ではない。悪夢であってくれと何度も願ったが叶わなかった。

「お願いします！　助けてください！」

奈々は、声を振り絞って叫んだ。喉の奥で血の味がする。

沈黙。また返事がない。無駄だとわかっていても、助けを求めてしまう。

「誰かいませんか！　何でこんなことするんですか！」

ダメだ。沈黙は続く。

これは拷問《ごうもん》なの？　目的は何？　奈々を殺したいにしても、ここまでする理由はないだろう。

鬼の仕業なのかと思ったが、暁家の血を引く者の直感としては違う。鬼はこういう形では現れない。

喉が渇いた。トイレにも行きたい。空腹だけど、食欲はない。一体、どれだけの時間が経ったのかさえもわからない。

疲れがピークに達してきた。泥のように眠りたいが、意識を断ち切るのが怖い。

「眠るのはまだ早い」

いきなり響いた声に、心臓が跳ね上がった。

人がいる。若い男の声だ。さっきまで気配はなかったのに、ずっと近くにいたのだろうか。

「近くにはいなかったぜ。そこまで暇じゃねえからな」

えっ？　今、声に出して言った？

男がクスクスと笑う。この状況を楽しんでいるようなのが、余計に恐ろしい。

「言ってないよ。俺が君の心を読んでいるのさ」

……嘘だ。そんなことありえない。

「それがありえるんだな」

本当に聞こえている。奈々の心の声が読まれているのだ。

「ＳＦでいうところのテレパシーってやつだな」

男が得意げに言った。声の位置が高い。背が高いのだろうか。

「正解。百八十七センチだ」

「やめてください」

「どうした？」

「人の心の声を聞かないでください」

「しょうがないだろ。勝手に聞こえてくるんだから」

「……えっ？」

「ガキの頃から持っている力なんだよ」

どこか悲しげな声だ。男から攻撃的な空気は感じない。

「た、助けてください」

「俺が？　自分で何とかしろよ」

「何でこんなことするんですか。私の横にいる人は誰なんですか」

「だから、自分で何とかしろって」

「私、殺されるんですか！」

また、涙が出てきた。恐怖で全身がガタガタ震えてくる。

「殺しはしないわ」

今度は女の声だ。この声は覚えている。ワンボックスカーの横でうずくまっていた女に間違いない。

「あなたは……」

「さっきはごめんね。痛かった？」

「お願いします！　手錠を外してください！　ここから出してください！」

拉致の協力者なのに、女性というだけでホッとしてしまう。

「自分で何とかするのよ。奈々ちゃんならできるわ」

女が優しい声で言った。どうして、名前を知っているのだろう。つまり、前から狙われていたのだろうか。

「せめて電気を点けてください」

「電気なら点いてるわよ」

「えっ？」

どういうことだ。さっきから、自分で何とかしろと言われているのも気になる。

彼らは、奈々に何かを要求している。

「そのとおり」男がまた、奈々の心を読んだ。「俺たちの要求はひとつ」

「……何ですか？」

「私たちの仲間になって欲しいの。奈々ちゃん」

女が、優しいながらも真剣なトーンで言った。

11

ヤバい。何か喋らなきゃ……。

気まずい空気が車内に充満している。このままでは後部座席の大吉に勘づかれてしまいそうだ。大吉は、霊感以外は鈍感だから大丈夫だと思うが。

「凜花ちゃんはランチ、何食べたい？」

運転している深沢が、ぎこちない声で訊いてきた。

まう。

「な、何でもいいです」

助手席の凛花も相当ぎこちない。昨日とはまた違う意味で、頬が引き攣ってし

「お腹空いてないのかな？」

「まあ、普通です」

車は七里《しちり》ガ浜《はま》に向かう国道を走っていた。

「庭が綺麗な蕎麦《そば》屋さんがあるけど」

「だから、何でもいいですってば」

どうしても、キツい言い方になる。

「大吉君は蕎麦でいい？　アレルギーとかない？」

「好きですよ。嬉しいです」

大吉は大吉で様子が変だ。今朝、長坂から《結局、大吉君の部屋でお世話になったよ》と嫌味ったらしいメールが来ていたから、それが原因だろう。どうせ、

朝ごはんでも食べながら長坂から愚痴《ぐち》を聞かされたのだろう。

「じゃあ、決定だ。事故現場に行く前にランチをしよう。腹が減ったら幽霊に勝

てないからな」

深沢が一人で笑ったが、昨夜ほどのキレがない。

凛花と深沢が、これ以上なくぎこちないのには理由がある。今朝、凛花が二日酔いの頭痛で目が覚めたら、ベッドの隣で深沢がいびきをかいて眠っていたのだ。しかも、二人とも全裸だった。

やっちまった……。

記憶はほとんどないが、何があったか容易《たやす》く想像できる。夜中、長坂と喧嘩をしたあと、心配して部屋に来てくれた深沢とヤケ酒を飲み、チャラい慰《なぐさ》めに甘えてしまったに違いない。

一生の不覚だ。酒癖の悪さは自覚しているが、酔った勢いで男とセックスをしたことがないのが自慢だった（誰に対しての自慢かわからないが）。よりによって、一番嫌いな、軽薄タイプの深沢となんて、自分自身を殴りつけたい。

「今日は夕方から雨が降る言《ゆ》うてましたよ」

重たい車内の空気に耐えられなくなったのか、大吉がひとり言みたいに呟いた。

ランチのあと、凜花たちは七里ヶ浜駅から少し離れた場所にある事故現場にやってきた。見通しのよい国道の交差点で、ファミレスやガソリンスタンドがある。

「新谷さんの婚約者が乗った車は、交差点のところで信号を無視して、ダンプカーに横っ腹へ突っ込まれた」

深沢が歩道から交差点を見回して説明をする。

「酷い事故だったでしょうね」

今朝のことは一旦忘れて、凜花は仕事に集中することにした。せっかく、ランチは素敵な店だったのに、蕎麦の味はほとんどしなかったのだ。

「大吉君、何か見える？」

「これと言って……。見えたところで関係のある霊かどうかは断言できひんし。でも……海の方から火の玉が飛んできて、通り過ぎました。三つ、ありましたね」

「本当かよ。まあ、国道なんて、過去に事故を起こした霊がウヨウヨいそうだもんな」

深沢が軽く舌打ちをする。

交差点はかなりの交通量だ。ここに突っ込んでいくなんて、まともな神経ではない。深沢の話では、即死した新谷の婚約者と運転していた男の体内からは、アルコールや薬物の反応は出なかったらしい。

「でも、何か嫌な感じはあります」

大吉が、目を細めて交差点の真ん中を見た。

「それは、どういう感覚なんだ？」

深沢が身を乗り出して訊く。彼も今朝のことを頭からふりはらうために、仕事に集中したいようだ。

「誰かにじっと見られてるような気がするんです」

「霊は見えないのに？」

「これが霊かどうかはわかりません。初めての感覚です」

「やめてよ……」

凜花は思わず漏らした。京都の事件の二の舞いだけはごめんだ。合気道《あいきどう》の師範《しはん》代《だい》だった父親から徹底的に鍛えられて、並の男にならば負けないほどの護身術を身につけていても、霊にはまったく通用しなかったのだ。

「とりあえず、離れましょう。ここにいても良くない予感がします」

大吉の言葉に、凜花たちはそそくさと事故現場を離れた。

次は斜め向かいにあるファミレスだ。そこで、鎌倉市役所の心霊相談課を辞めた人たちと会い、話を聞く段取りになっている。レンタカーもそこの駐車場に停めた。

早足で歩道を歩いていると、凜花のスマートフォンが鳴った。

画面に出た名前は長坂だった。本来なら無視するのだが、妙な罪悪感に囚《とら》われて、つい出てしまった。

「何？」

これ以上ないぐらい冷たい声で言った。

『忙しいところ、ごめん』

「わかってるなら電話しないでよ」

別れて一週間しか経っていないのに、もう彼の声が懐かしく思え、胸が締め付けられる。横目で深沢を見て、さらに心臓がチクチクとした。

『ボンドが気になることを言い出したから』

「また予言？　今はやめてよ」

『でも……』

「切るね」

『青い車に気をつけて！』

長坂が切羽《せっぱ》詰まった声で叫ぶ。本気で心配している様子だ。

「何、それ？」

「危ない！」

深沢の絶叫《ぜっきょう》と同時に、凜花の体が宙に浮いた。突き飛ばされたのだ。青い乗用車がガードレールを突き破り、ついさっきまで凜花が立っていた場所に突っ込んだ。

凜花の代わりに、深沢が乗用車にはねられ、アスファルトに叩きつけられた。

12

真っ暗闇。二人がいなくなって、だいぶ時間が経った。ただ、正確にはわからない。三時間かもしれないし、三十分かもしれない。

闇は、すべての感覚を麻痺《まひ》させる。

奈々は、監禁されてからずっと、母親の多江と祖母のせらのことばかり考えていた。奈々が消えたのは昨夜だから、二人とも狂ったように心配しているだろう。奈々が鬼火を目撃してすぐのことだから、なおさらだ。拉致されたときにスマートフォンを没収されたので、連絡の取りようがない。

もし、奈々が死んだら、二人はどうなるのか。せらはまだ介護の必要はないけれど、いずれ介護をされる身になる。でも、いい施設に入るお金は家にはないから、身内が面倒をみなければならない。

多江は、呑気な性格ではあるが、将来的な不安を抱えているのがヒシヒシと伝わってくる。老後は奈々が支えていく覚悟はしていた。

暁家は特殊だ。幸せになるためには、家族同士で助け合う必要がある。

奈々は左手首の手錠の冷たさを感じていた。一体、死体は誰なのか。何の理由で殺されたのか。ただ、ひとつわかっているのは、このままでは奈々も同じ運命を辿《たど》ってしまうということだ。

こんな場所で死んでたまるか。

奈々は、心の底から強く願った。やっと、理不尽な行為に対する怒りが湧いてきた。全身が燃えるように熱くなる。

目を閉じて奥歯を噛みしめる。

拉致した奴らは、「自分で何とかしろ」と言っていた。「奈々ちゃんならできる」とも。あろうことか「仲間になれ」と、意味不明な要求までしてくる始末だ。

ふざけんな、ふざけんな、ふざけんな！

頭の中で、パチンと何かが弾けた。次の瞬間、急激な眩《まぶ》しさに襲われた。何が起こったのかすぐには理解できなかった。

明かりが……点いた？

そこは、コンクリートの壁に囲まれた部屋だった。窓はない。天井には蛍光灯《けいこうとう》があり、鉄製のドアのすぐ横にスイッチがあった。部屋には奈々と死体の他には誰もいない。

死体は若い男だった。年齢は二十代半ばでベースボールキャップをかぶり、スカジャンを着ている。それほど体は大きくなく、どこにでもいそうな顔で、こんな事件に巻き込まれるような雰囲気ではなかった。

綺麗な顔をしていた。死体を見ても不思議と恐怖を感じない。

「おめでとう。思っていたより時間がかかったな」

唐突にドアが開いた。背の高いモデルみたいな男と、薄いピンクのコートを羽織った若い女が入ってくる。女は黒いワンボックスカーの側でうずくまっていた女だ。

「何の時間ですか?」

奈々は、鋭い視線で二人を睨みつけた。

「おっと、俺たちを攻撃するなよ。仲間になりたいって言っただろ」

「攻撃?」

言っている意味がわからない。さっきからそうだったが、この二人とは会話が嚙み合わないのだ。

「あなたには、普通の人間にはない特殊な能力がある。自分でもわかってるでしょ？」

ドキリとした。この二人は、どこまで暁家の《鬼払い》のことを知っているのだろうか。

「鬼払い？　何それ？」背の高い男が、奈々の心を読んで眉間に皺を寄せた。

「玄心様から何か聞いてるか？」

「いいえ。私も初耳だわ」

女も警戒《けいかい》した顔つきになる。

……ゲンシン様？　そいつは誰なの？　こいつらのボスなのだろうか。

「ボスというよりは父だな」

「は？　意味がわかりません」

背の高い男に心を読まれるのも、いい加減慣れてきた。

「奈々ちゃんを見つけたのも玄心様なのよ」女がうっとりした表情で目を潤《うる》ませ

る。「私たちも奈々ちゃんと同じ歳ぐらいのときに、玄心様と出会ったの」

怪しすぎる。ゲンシン様とやらが何者かは知らないが、二人の目は催眠術をかけられたみたいに、まともではない。

「この人はあなたたちが殺したんですか」

奈々は、右手で若者の死体を指した。

「殺すわけねえだろ。そいつも俺らの仲間なんだから」

背の高い男が、小馬鹿にしたように笑う。

「彼は自ら死んだのよ」

自殺？　ますます意味不明だ。

「充、そろそろお目覚めの時間だぜ」

背の高い男が、笑いながら死体に語りかける。

「奈々ちゃん、動いちゃダメよ」

女が軽く手をかざすと、奈々の左手首の手錠が粉々になった。

「ひっ」

思わずのけぞってしまう。これから何が起こるというのか。

えっ？　暑い？

急に部屋の温度が上がってきた。だが、コンクリートの部屋には暖房器具などない。シューという静かな音がして、死体から水蒸気が噴き出している。

嘘でしょ……。

奈々は、絶句した。我慢していたオシッコを漏らしそうになる。

「はじめまして。赤池充です」

死体だった男が立ち上がり、爽やかな笑顔で挨拶をした。

13

消毒液の匂いが漂う病院の待合室に、血相《けつそう》を変えた二人組が入ってきた。ファミレスで話をする予定だった男女だ。

大吉は座っていたソファから立ち上がり、凛花と軽い挨拶をした。

「深沢課長は無事なのか」

どことなくカバを髣髴《ほうふつ》とさせる、小太りの男が訊いた。この男が、鎌倉市役所心霊相談課の元課長の前島《まえじま》だ。

「命に別状はありません」

凛花が気丈に答えた。もう少しで自分が車に轢《ひ》かれるところだったのに、動揺を押し殺している。

「事故を起こしたのは何者なの？」

もう一人の女が唇を震わせる。メガネをかけ、疲れきった主婦みたいな雰囲気がある。名前は行澤《ゆきざわ》だった。

「それがまだわからないんです」

「えっ？」

「運転手が意識不明の重体で、助手席の同乗者は即死でした」

事故の直後、交差点の現場は騒然《そうぜん》となった。青い乗用車に轢かれた深沢は救急車で運ばれて、現在は集中治療室に入っている。あのとき、深沢が凛花を突き飛ばさなければ、救急車に乗ったのは彼女のほうだっただろう。

大吉は、青い乗用車が突っ込んできたとき、情けないことに体が硬直して動けなかった。

「二人とも、身元がわかるものを持っていなかったのだな」

前島がソファに座りながら激しく貧乏揺すりをする。

「そうなんです」

凜花の答えに、二人が顔を見合わせる。

「あのときと同じだ……」

「新谷さんの婚約者の事故のことですか？」

「そうだ。あのときも事故を起こしたあと、すぐには二人の身元や関係性がわからなかった」

前島は作業着を着ていた。市役所を辞めたあと、別の職業に就《つ》いたようだ。

「新谷さんの婚約者は、鞄と携帯電話を持たずに授業を抜け出しましたからね」

行澤が当時を思い出したくないのか、うつむき加減で首を振る。

「悪いことは言わん。二人とも、これ以上関わらないほうが身のためだ。今すぐ、京都に帰ったほうがいい」

前島が腕を組み、大吉と凜花を順に見た。

「まだ帰りません。仕事ですから」

凜花が、ピシャリと言い返す。プライドの高い彼女のことだから、このままでは引き下がれないのだ。

「仕事で死ぬなんてバカらしいだろ」

「どういうことですか？」今度は、凜花が二人の顔を順に見る。「以前、鎌倉市役所の心霊相談課にいた職員さんたちに、具体的な危害があったのですか」

「立て続けに不幸な出来事が起こった。一人は下半身不随で車椅子での生活を余儀なくされた」

前島の言葉に、行澤が目を潤ませて頷く。

「なぜ、そんなことに？」

「彼が乗ったエレベーターが、いきなり落下したんだよ。原因は不明だ。命を落とさなかっただけでも幸運と思うしかない」

「彼が一番、新谷さんの相談に熱心でした」

とうとう、行澤が泣き出した。

青い乗用車が凜花を襲ったのは、おそらく偶然ではない。もし、青い乗用車に乗っていた二人が、新谷さんの婚約者のケースと同じく赤の他人同士ならば、人間には及ばない力が働いたことになる。あの海から飛んできた火の玉が、何らかの予兆だったのかもしれない。

霊なのか。だとしたら、相当に凶悪な相手だ。

今回の事件には、まだ隠されている秘密がある。そんな気がした。できることなら、事件を熱心に調べていた車椅子の元職員に会って話を聞きたい。

「凜花、大丈夫か？」

病室に長坂が駆け足で入ってきた。何度も連絡が来たので、大吉が病院にいることを伝えたのだった。

「うん……」

凜花が、顔を背《そむ》けて頷く。

「よかった」

長坂は、周りに人がいることなど気にせず、鳥籠を大吉に渡して凜花を抱きしめた。

「でも、私をかばってくれた人が大怪我をしたの」

凜花が、無理やり体を離す。完全に心も体も拒否しているようだ。

「それは大変だったな……」

長坂が複雑な表情になり、やっとその場にいた心霊相談課の元職員たちに挨拶をした。

大吉は、ふと、手元の異変に気づいた。鳥籠は空だった。青い羽根しか落ちていない。

「えっ？」

『久しぶりだな、青年』

待合室の隅に、タキシードの男が立っていた。年齢は五十歳前後。額は広く禿《は》げかかっているが、この上なくダンディな空気を身に纏《まと》っている。

「……ボンド？」

京都の事件のとき、大吉を救った男の霊だ。待合室の他の人間には見えていない。当然、声も聞こえない。

『人の忠告に素直になれるかどうかで人生が決まる。今回は京都に戻ったほうがいい』

「逃げろというんですか」

『未熟な君たちが太刀打ちできる相手ではない。命あっての物種《ものだね》と言うだろ』

ボンドが、クイッと眉毛を上げる。葉巻を咥《くわ》えているが、火はつけていない。

「嫌や。深沢さんのためにも解決したいねん」

『忠告はしたぞ。凜花を説得するのが君の役目だ。そうでないと彼女の人生がジ・エンドだ』

「どうしたの？」

大吉の背後から、凜花が肩を叩いてきた。

「いえ……何でもないです」

タキシードのボンドは消え、セキセイインコのボンドが、鳥籠でじっと大吉を見つめていた。

14

「相変わらず、人が多いねえ。まあ、京都はもっと凄いけど」

背の高い男が、鎌倉大仏の前で写真を撮る集団を眺めて言った。いつもの通り、お年寄りや外国人の観光客で混雑している。

彼の名前は、雄平。コンクリートの壁の地下室で自己紹介された。

「私たち、普段は京都に住んでるの」

ピンクのコートの女が奈々を覗き込む。彼女の名前は初音だ。

つまり、彼らが所属する怪しい宗教団体の本部が京都にあるということか。

「宗教とはちょっと違うんだけどなあ」

雄平が奈々の心を読む。

奈々は返事の代わりにひと睨みした。

「だから、俺は敵じゃねえってば」

「何回も言うけど、仲間にはなりません」

早く家に帰って、母親の多江と祖母のせらを安心させたい。のんびり観光している場合ではないのだ。

だが、解放の条件として、彼らはここに同行するように言った。逆らうことはできない。なにせ、一度死んだ人間が蘇《よみがえ》るような、とんでもない能力を持った連中なのだ。

「君にも力があるんだってば」

雄平が、しつこく心を読んで肩をすくめる。

「覚醒はしたから、あとはその力を試すだけよ」

初音がウインクする。

もう一人の死んでいた男……充はほとんど喋らず、ニコニコとしているだけだ。余計に不気味である。

「お前のこと気持ち悪いってよ」

雄平が充をからかう。いい加減、付き合っていられない。

「こんなところで、私に何をさせる気ですか？」

奈々は初音に訊いた。

「奈々ちゃんの力を見てみたいの」

初音が、意味深な笑みを浮かべる。

「私にそんなものありません。一緒にしないでください」

「でも、火の玉は見えるんでしょ？　鬼払いの説明もまだしてもらってないわ」

「あなたたちには関係ないことです」

「あるわ。奈々ちゃんが私たちの仲間になってくれなきゃ、家族が大変なことになるわよ」

初音が悲しげに目を細める。

「えっ？」

「家族が消えていなくなるよ」

充が囁《ささや》くように言った。恐ろしいほどの無表情だ。

「どういう……意味ですか？」

「言葉どおりよ」初音が、奈々の肩にそっと手を置いた。「充の家族は跡形もなく消されたの」

「……殺されたの？」

「殺されたのとはまた違うんだな、これが」雄平が得意げに鼻を鳴らす。「さっきの地下室もずっと照明は点いていたしな」

「はあ？」

「だから、ずっと照明が点きっぱなしだったってわけ」

「う、嘘だ」

そんなわけがない。何時間も闇に放置されていたのだ。

「奈々ちゃん自身が、真っ暗だと勘違いしていただけなの」初音が優しい声で言った。「充も死んではいなかった。奈々ちゃんの横にいただけだし」

「嘘ばっかり言わないで！」

「じゃあ、これはどう説明する？」

雄平が、大げさに両手を広げて見せた。

何……これ？

奈々は言葉を失い、腰を抜かしそうになった。大仏の周りにいた何百人もの観光客が、一人もいなくなったのである。

「ほら、消えたでしょ？」初音がにこやかに笑う。「この能力は充のものだけどね」

「ありえないって……」

監禁されてから信じられない出来事は続いているが、我が目を疑って何度も頭を振った。まるで人類が滅亡し、奈々たちだけが生き残ったみたいだ。

「正しくは消えていないんだけど」充が、照れくさそうに頭を掻いた。「奈々ちゃんの脳がそう見せているだけなんだ」

「じゃあ……実際は人がいるの？」

「うん」

充があっけらかんと答え、首をコキンと鳴らした。次の瞬間、魔法のように観光客たちが出現した。誰一人として、自分が消えたことに気づいている者はいない。各自、観光を楽しんでいる。

「地下室の照明にしても、死体にしてもそう」雄平が説明を続けた。「奈々ちゃんが思い込んだだけだよ」

「それで？」奈々は怒りを隠さず、露骨《ろこつ》に顔を歪めた。「私は絶対にあんたたちの仲間になんかならない」

「家族が消えてもいいの？」

初音が言った。口調は柔らかいが完全な脅《おど》しである。

「許さない」

またもや、奈々の全身が一気に熱くなる。頭の中で、バチンと音が鳴った。

「やるねえ」

雄平が口笛を吹き、額から汗を垂《た》らした。

こいつらを消してやりたい。奈々は強くそう念じた。

しかし、消えたのは雄平たちや観光客ではなく、鎌倉大仏だった。

15

午後七時。凜花と大吉はレンタカーで、稲村ヶ崎《いなむらがさき》の住宅地に着いた。

「何やねん……この家」

大吉が、あんぐりと口を開けて目の前の一軒家を眺める。

たしかに凄いことになっている。玄関のドアや窓や壁のあらゆるところに、魔除けの札をベタベタと貼りまくっているのだ。

「インターホンを押して」

凜花は、ドアを前にして気合いを入れた。

「まともに話を聞かせてもらえますかね？」

大吉が不安げに言う。

鎌倉市役所の心霊相談課の元職員たちは、「紹介してもいいけど会ってくれるかどうか……」と言葉を濁《にご》していた。

男の名前は、金成《かねなり》。二十九歳。新谷さんの婚約者の事件を熱心に追いかけ、原因不明のエレベーター事故で下半身不随になった元職員だ。

「絶対に聞かせてもらうわ」

凜花は自分に言い聞かせるように呟いた。

深沢の意識は回復したが、まだ絶対安静の状態が続いている。ひと言でいいから助けてくれたお礼を言いたかったが、病室には入れなかった。

絶対にこの事件を解決させる。そうでないと京都に帰ることはできない。

大吉がインターホンを押したが、反応はなかった。もう一度押すが、ダメだ。

「金成さん！　いらっしゃいますか？　前島さんと行澤さんの紹介で来ました」

痺《しび》れを切らした凜花がドアをノックする。「少しでいいので、お話を聞かせてもらえないでしょうか？」

沈黙。しかし、ドア越しに人の気配はする。

「ダメみたいですね」

大吉が早くも諦めかける。

「金成さん！　また他人同士が乗った車の事故が起きました！　お力を貸してください！」

凜花はしつこくドアを叩いた。

警察の話では、凜花たちを襲った青い自動車を運転していた男は山形県の会社員で、助手席の女は静岡県の主婦だった。今のところ、二人に関連性は見当たらないらしい。運転手は意識不明の重体のままだ。

「五分だ」

ドアの向こうから声が聞こえた。

「金成さんですか？」

「五分だぞ」

「は、はい」

「話の途中であっても、五分経ったらすぐに帰ってもらう」

金成の声は、ひどく怯《おび》えていた。

「わかりました」

本当はじっくりと話を聞きたいが、ここは折れるしかない。

ゆっくりとドアが開いた。車椅子に座った男が、恐る恐るこちらの様子を窺《うかが》う。凜花と大吉の顔を確認し、少しホッとした様子を見せた。

「初めまして。京都市役所心霊相談課の石松凜花です」

「柳楽大吉です」

二人で名刺を渡そうとしたが断られた。

「入ってくれ。ドアの鍵を忘れるな」

金成は器用に車椅子を回転させ、玄関のスロープを上っていく。

……これが、金成？

凜花と大吉は、横目で顔を見合わせた。とてもじゃないが、二十代には見えない。髪は真っ白で、肌がどす黒くたるんでいる。目だけが異様にギョロつき、真っ赤に充血していた。

リビングに通され、さらに仰天《ぎょうてん》した。フローリングの床に、マジックで奇妙な絵が描かれている。大きな円の中に、不規則な模様と何語かわからない文字が羅列《られつ》されていた。子供の落書きにも見えるが、鬼気迫る描きかたに背筋が寒くなる。

「結界だ」

　こちらが訊く前に、金成が言った。

「この絵が……ですか？」

　結界と言われても、日常生活で触れる機会がないからよくわからない。とにかく、金成が何かに強烈に怯えていることだけはわかった。

　隣の大吉も顔が青ざめている。

「時間がないぞ。要点を絞って話してくれ」

「新谷さんの婚約者の事故を調べて、わかったことを教えて欲しいんです。気になったことや違和感を覚えたことでもいいんです」

　凜花は早口でまくし立てた。落ち着かないといけないとはわかっていても、焦ってしまう。

「続いている」

　金成が虚《うつ》ろな目で凜花を見た。いや、凜花ではなく見えない何かを見ているようだ。

「何が続いているのですか？」

「車の事故だ。四年前に和歌山県の田辺市《たなべ》で、七年前に広島県の福山市《ふくやま》で、十二年前に茨城県の日立市《ひたち》で同様の事故が起きている」金成がさらに目を見開いた。

「ドライバーと助手席の人間は、それまで出会ったことのない他人同士だった」

「ほ、本当ですか？」

「調べればもっと出てくるだろう。この世のものでない何かが、人の命を弄《もてあそ》んでいる」

背中だけでなく、全身が冷たくなってきた。大吉も呆然《ぼうぜん》となりながら、カタカタと震えている。

「他にわかったことはありますか？」

「見張られたら終わりだ」

「はい？」

「四六時中、見張られる。電車の乗客や店の従業員、信号待ちで向かいの歩道に立っている……同じ人間が、ことあるごとに俺を見ていた」

「……どういうことですか？」

「同じ女に毎日見張られていたんだ」

「どんな女ですか？」

しかし金成は、それ以上思い出したくないのか、首を横に振るだけだった。

「時間だ。帰ってくれ」

金成の家を出たあと、凜花は悔しさで叫びたくなった。せっかく、金成に会えたのに、ほとんど話を聞けなかった自分が情けない。

「何、ぼうっとしてんのよ」

つい、腑抜《ふぬ》けた顔をしている大吉に当たってしまう。

「いや、あの家に……」

大吉が、珍しく怯えている。

「霊が見えたの？」

「影でした。壁のところに……角《つの》の生えた頭の影が……」

「角？」

「はい。鬼みたいな角です」

16

深夜。奈々は由比ヶ浜の実家を出て、近所のコンビニへと向かった。

雄平たちから解放されて六時間近く経ったが、まだ心の整理がつかないでいた。つくわけがない。帰宅した奈々を待っていたのは、「お帰り。今夜はあんたの好きな鶏の唐揚げよ」という母親の多江の呑気な声と、「この犬、ポチっていうの」と野良犬を抱える祖母のせらだった。

いつもどおりの二人だ。奈々が拉致されたことに気づいていない。これも充の力のせいなのか。

奈々は曇った夜空の下で、重いため息を漏らした。今すぐにでも雨が降り出しそうな天気である。

思い知らされた。戦って勝てる相手ではない。そもそも戦いかたがわからない。

「いらっしゃいませ」

レジに立つ金髪の針田が、奈々を笑顔で迎えてくれた。ほんの少しだけ、現実を忘れられる。

ただ、針田の真横にボディーガードのごとく、中年の女店員が立っている。相変わらず、顔が四角く目が細い。しかも、客がやってきたのに、ムスッとして挨拶をしないのはどういうわけだ。

そんな怒りも夕方の出来事を思い出して、すぐにどこかにいった。

鎌倉大仏が消えた。消したのはどうやら奈々の力らしい。雄平たちの反応からして、奈々の力は予想以上のものだったみたいだ。

大仏が消えたのは、ほんの十秒ほどだった。大パニックになるかと思いきや、現場の混乱はざわついた程度で済んだ。突拍子《とつぴようし》もない出来事すぎて、観光客たちは驚くよりもフリーズしてしまったのだ。全員が、目の錯覚だと自分に言い聞かせているようだった。

どうしよう……守り神を消しちゃった。

奈々は、ヨーグルトの棚までフラフラと歩いた。正直、思考がぴたりと停止してしまっている。鬼火が見える能力だけでも嫌で仕方なかったのに、勘弁して欲しい。普通の人生を望めば望むほど、遠ざかっていく。

棚の陰から、こっそりとレジを覗いた。金髪王子が、屈託《くったく》のない態度で顔面四角ババアと話している。

あんな意地悪な人にも笑顔を向けるなんて、どこまで優しいのだろう。

マジであんな人と付き合いたい。いや、彼氏になれなんておこがましいので、一回だけでいいからデートして欲しい。ここはデートスポットの宝庫、鎌倉なのだから。手を繋いで報国寺《ほうこくじ》の竹林を歩いて、リスが遊びに来るカフェでアップルパイを食べて、江ノ電に乗って江ノ島で波に素足《すあし》をパシャパシャさせたい。

ぐう……。叶わぬ夢を思い描いたら、虚しくなってきた。

奈々は、うつむきながらレジにヨーグルトを置いた。今夜は金髪王子の顔を直視できない。

「こんばんは」

金髪王子が、深夜だとは思えない爽やかな声で挨拶をする。

「こんばんは……」

「あれ？　どうしたの？　元気ないじゃん」

「えっ、そんなことないです」

反射的に顔を上げた。金髪王子の笑顔が眩しくて卒倒《そっとう》しそうになる。

「いつもは、元気いっぱいなのにさ」

あなたと会ってるから元気になるんです。こんな台詞をしれっと吐ける図々しい女になりたい。

「今夜も……元気です」

これが精一杯だ。でも、嬉しくて胸が爆発しそうになる。

「もし、よかったらさあ」金髪王子がいきなり顔を赤らめた。「無理ならいいんだけど……」

「な、何ですか？」

もしかして、デートの誘い？　緊張のしすぎで息が止まる。

「今度の日曜日、俺と……」

「針田君、ドリンクの補充に行ってきて」

絶妙のタイミングで顔面四角ババアが邪魔に入った。

今夜はやめてよ！　手に持っているヨーグルトを、四角い的《まと》に投げつけたくなる。

「了解です……」

金髪王子が、さすがにふてくされた態度でレジを離れていく。去り際にちらりとこっちを見てくれたのが、せめてもの救いだった。

奈々は怒りを示すために、ヨーグルトをレジの隅に置いて、支払いをせずにコンビニを出た。

あのババア、大仏みたいに消してやろうか。

水を差されたおかげで、現実に引き戻された。恋に浮かれている場合ではない。雄平たちの要求に従わないと、奈々の家族が消されるのだ。

どうしよう……。

やっぱり、自分一人では答えが出ない。こうなったら、明日の朝、母親の多江と祖母のせらに話すしかない。一〇〇パーセント、信じてもらえないだろうけど。

家に帰ると、リビングに二人がいた。こんな夜中なのに、せらまで起きているのは珍しい。奈々は嫌な予感とともにピンときた。

「鬼が出た場所がわかったの?」

多江とせらが同時に頷く。

「七里ガ浜の交差点よ」

食卓にノートパソコンがあった。怪しい事故を検索するには持ってこいだ。鬼払い師にとっても便利な時代になった。

「さっそく、明日からやるよ」

せらが、頼もしくカーディガンを腕まくりする。

……言えない。

ひとつ、気になることがある。雄平たちは鬼払いのことを知らなかったが、彼らの教祖である玄心はどうなのだろう。

もし、すべてをわかっていて奈々を狙わせたのだとすれば……。

奈々は泣きたいのを我慢して、力強く頷いた。

17

い……石が載っている？

翌朝、大吉は言いようのない胸の苦しみに目を覚ました。しかも、金縛りにあっているではないか。

「あの……何してるんですか？」

胸の上にタキシードを着た男が正座をしていた。ボンドだ。

「グッモーニン。朝の目覚めはどうだい？」

「良いとは言えないですね。てか、どいてくれません？」

「ジョークだ。お気に召さなかったかい？」

「どんなジョークですか」

大吉は、金縛りにあいながらも重いため息を漏らした。

「たまには幽霊らしいことをしようと思ってな」

ボンドが、得意げに言った。

「早く降りてください」

「了解」

ボンドが、ひらりとベッドから飛び降りた。

「何の用ですか？」

大吉は、不機嫌な態度を隠さずに訊いた。

「昨夜、鬼を見ただろ？」

ボンドが葉巻を咥え、マッチを擦《す》って火をつけた。

「影だけですけどね。やっぱりあれは鬼なんですか？」

「そうだ。もっとも厄介《やっかい》な相手だ」

「厄介？」

「鬼は霊ではないからな。私は対応できない」

「つまり……」

ボンドが、勿体ぶるように葉巻の煙を吐いて言った。

「今回は君ひとりで戦わなくてはいけない」

「マジですか？」

「ああ。そして、君やあの美しいレディも死ぬことになる」

「それはジョークやないんですね？」

ボンドは、悲しげに首を横に振った。

「どうすればいいんですか？」

「これが最後のアドバイスだ。一刻も早く京都に戻れ」

「無理ですよ」

「鬼を舐《な》めるな。あの美しいレディを説得するのだ」

「具体的に鬼は何をしてくるんですか？」

「私にもわからん。奴らは神出鬼没だ。そもそも、人間に化けているから見分けがつかない」

ということは、大吉の能力が通用しないということだ。

「でも……仕事やから」

「シャラップ。君は彼女のことを愛しているのではないのか」

「はい？　何のことですか？」

「誤魔化《ごまか》すな。こっちは霊だぞ。すべてお見通しだ」

ボンドが、ニタリと笑った。

「勝手に人の心を読まんとってくださいよ」

「読心術をしているわけではない。君の態度を観察していれば一目瞭然《いちもくりょうぜん》だ」

「別に……凜花さんをそういう対象で見たことはありません。職場の先輩やし」

「自覚してないだけだ。恋は鬼よりも神出鬼没だからな」

「意味不明です」

ふと、凜花の顔が頭に浮かぶ。笑顔ではなく、酒に酔って毒舌をぶちかましているときの顔だ。

胸が痛くなってきた。さっき、ボンドが乗っていたからではない。

「わかりやすい男だな。だが、私は嫌いではない」

セキセイインコに好かれたくはない。

大吉は、ずっと抱えていた疑問を口にした。

「ほんまにセキセイインコの霊なんですか？」

「どういう意味だ？」

ボンドが、葉巻を手に眉を上げた。

「動物の霊が、どうして人間の姿になるのか不思議やと思って……」

「狐や蛇《へび》の霊が女に化けて出てくるなど、珍しいことではないだろ。古典的なのさ」

「はあ……」

古典と言われても、「日本昔ばなし」ぐらいしか知らない。それに、セキセイインコの生霊《いきりょう》は相当珍しいと思う。

「あと……どうして毎回、僕を助けてくれるのですか」

大吉の質問に、ボンドは一瞬真顔になったあと、軽くはにかんだ。

「君が生き残ったら、教えてやるよ」

ボンドがウインクをして、景色に溶け込むように消えた。

18

午前十時。奈々は制服姿で七里ヶ浜駅を降りた。

堂々と学校をサボっているのに、気分は晴れない。とうとう、ポツポツと雨も降ってきた。電車に乗っているときから、緊張で頭痛と吐き気が止まらなかった。

せめて、私服で行動させてよ。

しかし、母親の多江は、「もし鬼払いが早く終わったら、学校に行きなさい」

と言って聞かなかったのだ。

鬼と学校を同列に並べるなんて、どうかしてる。もしかすると、いつも通り接することで、初めて《餌》の大役をこなす奈々の緊張をほぐそうとしたのかもしれない。

傘を差し、とぼとぼと国道沿いを歩いた。体験したことのない孤独感に襲われる。

昨夜は、鬼払いの準備で一睡もできなかった。凧糸《たこいと》が絡まないようにするのは面倒だったし、久しぶりに彫刻刀を使って手が痛い。

疲労のピークはとうに越えていた。それなのにまったく眠くない。

……鬼が近くにいるの？

奈々は国道に出てから、肌を切り裂くような視線を感じていた。行き来する車の数は多いが、人通りはそれほどでもない。

前から、乳母車を押したレインコート姿の若い主婦が歩いてきた。すれ違いざまに奈々と目が合った。

何も起こらない。気のせいか。制服姿で一人で歩いているのを、不思議に思っただけなのかもしれない。そう考えると、周りの人間すべてが奈々に視線を送っているような錯覚に陥《おちい》る。

深呼吸する。鬼に悟られちゃ元も子もないじゃない。

奈々は、自分に言い聞かせて大股《おおまた》でずんずんと進んだ。

「あれ？　こんなとこで何してんの？」

予期せぬタイミングで、右斜め後ろから声をかけられた。

「きゃあ！」

奈々は、驚きのあまり傘を落としてしまった。

「ごめん。驚かしちゃった？」

そこに立っていたのは金髪王子だった。両手を合わせて申し訳なさそうに謝っている。

「いえ……大丈夫です」

心臓が口から飛び出しそうだ。ある意味、鬼よりもびびってしまう相手だ。

「濡れるよ」

金髪王子が傘を拾い、差し出してくれた。

「あ、ありがとうございます」

　傘を受け取るときに、指と指が触れて目眩がする。恥ずかしくて傘で顔を隠したくなった。

「お家、この近くなの？」

「いいえ、違います」

「だよね。いつも、部屋着でコンビニに来てくれてるもんね」

「は、はい」

　さりげなくおしゃれをしていたつもりなのに、部屋着と思われていたのか。悲しくなってきた。

「俺、友達の家がここから近いんだ」

「そうなんですね」

　本当に友達なのだろうか。もしかしたら……彼女？　「友達」の言い方に微妙なニュアンスがあった。

　てか、なんで私みたいな小娘に嘘をつく必要があるのよ。

　どこまで自意識過剰なのだ。車道に飛び出してトラックに轢かれたくなる。

「制服姿が新鮮だね」

金髪王子が奈々の格好を見て言った。

「あ、ありがとうございます」

褒められているわけでもないのに、お礼を言ってしまう。

金髪王子こそ、コンビニの制服ではない私服姿が眩しかった。チェックのシャツとジーンズという何でもない格好なのに、雑誌から飛び出してきたモデルに見える。

「わかった。学校がこの近くなんだ」

「あの……違います」

金髪王子が無邪気に質問を続ける。

「えっ？　学校じゃないの？」

「その……いろいろと事情がありまして」

受け答えがしどろもどろになってしまう。まさか、鬼の《餌》になろうとしているなんて言えない。

「彼氏？」

金髪王子がニヤリとした。悪戯っ子のような笑みが、可愛くて破壊力がある。

今まで何人の女の子の心臓を爆破してきたのだろう。

「違います。彼氏はいません」

奈々は、全身全霊を込めて否定した。

「じゃあ、何してるの？」

金髪王子が微笑みながら首を傾げた。

「いや……それは……」

ダメだ。パニックで頭が回転しない。

「お待たせ」

今度は、ふいに左肩を叩かれた。

この声は……。

奈々はギクリと身を強張《こわば》らせて振り返った。

「初めまして。奈々の姉です」

ピンクのコートに紫の傘を差した初音が立っていた。

「なんだ、お姉さんと約束があったのか」

金髪王子が、にこやかに初音に挨拶をする。

「いつも妹がお世話になっています。もしよろしければ、お茶でもしませんか？」

初音が図々しく言った。あまりに堂々とした態度なので、金髪王子には、二人が似ていなくとも本当の姉妹に見えているだろう。

何、誘ってんのよ！

奈々は目で牽制《けんせい》したが、こっちを見ようともしない。

「喜んで。俺も友達と会うまで時間があって暇してたんですよ」金髪王子が快諾《かいだく》する。「いい店があるんで案内しますね」

予想もしなかった展開だ。奈々はさらにパニックになった。

先を歩く金髪王子に聞こえないように、初音が奈々の耳元でそっと囁いた。

「鬼払いに興味があるの。見学させてね」

「いやあ、まいったよ。車に轢かれたのは何年ぶりだろうなあ」

ベッドの上で、深沢がケタケタと笑った。左腕と左脚にギプスがされている。顔の左半分が傷でズタズタになり、目を背けたくなるほど痛々しい。

「私のために……すいません」

凜花は、深々と頭を下げた。

深沢の容態が安定したと連絡があったので、凜花と大吉が駆けつけたのである。

「何で謝ってんの？」

「だって、助けてくれたじゃないですか」

「違うってば。突っ込んできた車にビビって逃げようとしたら、凜花ちゃんとぶつかっただけだってば」

凜花に気を遣わせまいと嘘をつく姿が、余計に痛々しい。

「本当にすいませんでした」

凜花はもう一度、頭を下げた。胸が苦しくて泣きたくなる。

「そこは、『ありがとうございます』でええんとちゃいます？」

大吉が凜花に諭すように言った。口調がどこか刺々《とげとげ》しい。

「ありがとうございます」

凜花は、改まって深沢にお礼を言った。

「じゃあ、怪我が治ったら、凜花ちゃんにサーフィンを付き合ってもらおうかな」

「サーフィン……ですか？」

海は嫌いではないが、あくまでも観賞するだけだ。泳ぐのが得意ではないし、サメも怖い。

「簡単だって。俺が手取り足取り教えてあげるよ。いてて」

深沢がまた笑ったが、全身の痛みに顔を引き攣らせた。

「わかりました。よろしくお願いします」

凜花も釣られて、頬がピクピクと痙攣《けいれん》する。

さすがに、肉体関係を持った男が、そのすぐあとに事故で入院するのは初めてだ。どういう態度を取ればいいのかわからない。

ただ、心の底から感謝はしている。凜花は合気道で受け身をマスターしてはいるが、無傷では済まなかっただろう。目の前にいる男は、自分の命をかえりみず、凜花を守った。そんな経験は、当然、初めてのことである。

自分の人生にそんな男が現れるとは思ってもみなかった。もし、あの場面が深沢ではなく長坂だったら、どうだろうか。体を張って凜花を助けてくれただろうか。

長坂は今、ボンドと凜花のビジネスホテルにいる。酔った勢いで知り合ったばかりの男と寝た部屋に、元彼がいるという状況は、自業自得《じごうじとく》だがゲンナリしてしまう。

それに、大吉もすこぶる機嫌が悪い。病院に来るまでも、しつこいくらいに「京都に帰りましょう」と説得された。

危険な案件だというのはわかっている。でも、この深沢の姿を見て引き下がることはできない。

「で、これからはどうするんだ？」

深沢が急に真顔になり、すべて見透かしている顔で訊いた。

「鎌倉に残ります」

凛花が間髪《かんはつ》入れずに答える。

「ダメだ。鎌倉市役所としては、君たちに仕事を続けてもらっては困る」

深沢が毅然《きぜん》とした口調で言った。

「嫌です。これ以上、犠牲者が出てもいいんですか」

「その犠牲者が君たちになるかもしれないだろう」

言葉に詰まった。言い返すことができない。長坂がボンドを連れて鎌倉まで来てくれたのも、虫の知らせがあったのだろう。

「凛花さん、ええ加減諦めてください」

大吉が、とうとうキレた口調になる。

「怖いなら、一人で帰ればいいじゃない」

「わかりました。帰りますよ」

「大吉君、落ち着け」

深沢が、呆れて病室を出て行こうとする大吉を止める。

「凛花さんが頑固すぎるんです」

「君がいなければ、誰が凛花ちゃんを守るんだ」

「そうやけど……」

合気道の達人だった凛花は、幼い頃から誰かを守ることはあっても、守られることはほとんどなかった。人に甘えるのがとにかく苦手なのだ。

その反面、他人から頼られることには喜びを感じる。京都市役所の心霊相談課で、霊感商法に騙《だま》されて困っている人を助けたときは、これが天職だと思えた。

鎌倉に残ると覚悟を決めたのは、自分のせいで深沢が怪我をしたからだけではなかった。得体の知れない化け物が、好き勝手に人間の命を奪うことが許せないのだ。

ここで逃げたら、ＧＰＳの人間じゃないだろう。

「あと一日だけください。明日の夜までに解決できなければ、諦めて京都に帰ります」

妥協《だきょう》は嫌だけど仕方ない。大吉の身にまで何かあれば、心がもたない。

「約束だぞ」

深沢がニッコリと笑った。小麦色に焼けた肌に白い歯が浮かぶ。

「何から調べますか？」

ため息を呑み込んだ大吉が、気持ちを切り替えて訊く。

「金成さんに、もう一度会って話を聞きたいわ」

あの車椅子の元職員は、絶対に何かを知っている。今のところは、そこにしか突破口が見えなかった。

「ひとつ、気になることがあるんだ」深沢が、ふと思い詰めた顔になる。「俺の勘違いだと思うんだけど……」

「何ですか？」

「俺を轢いた青い乗用車には、二人しか乗っていなかったんだよな？」

「そうですけど……」

まだ、運転手の意識は戻らないままだ。

「やっぱり勘違いか」

深沢が、目を瞬《しばた》かせて軽く息を吐く。

「どうしたんですか？　気になることがあるなら言ってください」

「轢かれた瞬間、後部座席にもう一人乗っているように見えたんだ」

深沢の言葉に凜花と大吉は顔を見合わせた。深沢に霊感はない。つまり、後部座席に乗っていたのは幽霊ではなく、人間だ。

20

電話をしてきた雄平も声が弾んでいた。もう少しで玄心様の期待に応えられそうなのが嬉しいのだ。

『初音の奴、楽しそうにしているよ』

「奈々ちゃんの様子はどう?」

『めちゃくちゃ動揺しているよ。何せ彼氏が一緒だからな』

「まだ彼氏じゃないだろ?」

『でも、奈々ちゃんは好きでたまらないみたいだぜ』

雄平が鼻で笑う。

……初音の心も雄平は読んでいる。

充は、嫉妬とやり切れない気持ちで胸がムカついた。初音が幸せになってくれるのならば、自分は喜んで身を引くつもりでいたのに、なかなか割り切れない。

そんな男らしくない自分が無性に嫌いだった。

「鬼払いのこと、どのタイミングで吐かせるんだ？」

『俺たちに任せろって。お前はお婆ちゃんたちを労《いたわ》ってくれよな』

雄平が、いつものように充をからかって電話を切った。

自然と重いため息が漏れる。雄平は大事な仲間だが、初音のことが絡むと、どうしても充は穏やかな気持ちにはなれなかった。強引に初音とチームを分けられたのも腹が立つ。

くそっ。どこまで未熟者なんだ。

充は息を整え、玄心様のありがたい言葉を思い出した。

「心の平穏を求めるなら、まずは心のすべてを壊しなさい」

充たちは、玄心様によって、心身ともに粉々に砕《くだ》かれた。その後は、砂に水が染み込むように、玄心様の言葉が体の中で心地よく響いた。

すべてを壊せ。心に、無駄な考えがつけいる余地を与えるな。

頭の中がだいぶクリアになった。充は気を取り直し、奈々の家族である多江とせらの尾行を続けた。

二人は報国寺の《竹の庭》を歩いていた。初めて来た場所だが、素晴らしい竹林に囲まれている。

でも、なぜこんなところに？

地元の二人が、わざわざこのタイミングで観光に来るのは怪しい。鬼払いのために必要な行動なのだろうか。

平日の昼前だというのに観光客が多かった。古都の人気は衰《おとろ》えない。

玄心様が、京都から世界を変えようとしているのも頷ける。古都には人を惹きつけるパワーが存在するのだ。

……あれ？

多江とせらの姿が見えなくなった。他の観光客に紛れ込んだのだ。

くそっ。どこだよ！

充は、舌打ちをして二人を探した。能力で物を消すことはできるが、なくなったものを探すのは昔から極端に苦手だった。

玄心様に消された充の家族もまだ見つかっていない。もっとも、家族のことは完全に忘れてしまったが。《世界玄心教》のためには、本物の家族は邪魔な存在でしかなかった。

……どこにもいないぞ。

身長の高い外国人の観光客の集団で、前方がよく見えない。焦りが募ってきた。

「まかれたようだな」

聞き慣れた声に、充は全身を硬直させた。

「……いつから鎌倉にいらっしゃったのですか？」

振り返ると玄心様が真後ろに立っていた。まったく気配を感じることはなかった。多江とせらを探すとき、四方八方見回したというのに。

「最初からだ」

玄心様が穏やかな笑みを浮かべ、充の額にそっと優しく触れた。黒のハットと黒のロングコートを着た凛とした佇《たたず》まいは、厳《おごそ》かな雰囲気の竹林にとてもよく似合っていると充は思った。

「ありがとうございます。幸せでございます」

充の目から自然と涙が溢れる。

ただ、周りの観光客は二人を見ることなく、通り過ぎていく。

「あの二人にも能力がある」

玄心様が充の額から手を離し、多江とせらが消えた道を見つめる。

「娘の奈々だけではないのですか？」

奈々の潜在能力には正直驚いた。玄心様の元へ来れば、《世界玄心教》の目的を達するために必要な信者に育つであろう。

「奈々とは、また違う能力だ」

「鬼払いですね」

「ああ。彼女らは我々にとって、いずれ邪魔な存在となり得る。だが、その一族に我々と同じ力を持った人間が生まれるとは、皮肉以外の何物でもないが」

やはり、玄心様は鬼払いを知っていた。その上で、充たちに指令を出したのだ。

「もしかすると……」

「そうだ。鬼は私が呼び寄せた。奈々を引き取るには絶好の機会だ」玄心様が、目を細める。「京都市役所の連中も罠《わな》にかかってくれたしな」

「さすがでございます」

充は、玄心様の素晴らしさに思わず跪《ひざまず》きそうになった。自分など、いくら精《しょう》進《じん》しても足元にも及ばない。

今年の夏、京都市役所の甲斐という男が、嵐山にある《世界玄心教》の道場に現れた。我々を調査しようとする不届き者だった。そのときは、いとも簡単にあしらったが、鬱陶《うっとう》しい蝿《はえ》は早めに潰すに限る。

玄心様は、《世界玄心教》の目的のために、邪魔な存在の駆除《くじょ》を続けてきた。来年の春には、ようやくそれも終わる。

春、《世界玄心教》はユートピアへと移る。

「充よ。今から鎌倉駅前にある総合病院へと向かえ」

「かしこまりました」

「そこに鎌倉市役所の深沢という男がいる」

「すみやかに抹殺《まっさつ》します」

玄心様の表情や声のトーンで、何を求めているかはすぐにわかる。

「協力者は早く口を封じるに限る」

竹林の間を抜ける風が、玄心様の長い髪を揺らした。

21

「深沢さんが目撃したのは鬼なんですよ」

大吉は、凜花の目をしっかりと見つめて言った。この頑固者には直球で挑むしかない。

「は？　あんた何言ってんの？」

凜花が眉間に皺を寄せた。

二人は江ノ島電鉄で稲村ヶ崎駅を目指していた。車で移動するのは危険だと判断して、レンタカーは返してきた。

一人でレンタカーを返しにいくとき、大吉はさすがに恐怖を感じた。幽霊ならまだ慣れてはいるが、鬼の対応は未知の世界だ。しかも、あのボンドも対処できない相手である。

「深沢さんに霊感がないのはわかってるでしょ？」

「だからって、どこから鬼が出てくんのよ」

「ボンドの予言を覚えてないんですか？」

本来なら、幽霊のダンディなボンドの説明をしたいが、最後まで聞いてもらえないのがオチだ。

「時間は限られてるんだから、惑《まど》わすようなことを言わないでよ」

凜花は、明日の夜までに解決しなければ、潔く京都に帰ると深沢に宣言した。彼女のことだから、一度誓った約束は意地でも守るだろう。

だからこそ、危ない。時間内に解決しようと、暴走すること間違いなしだ。

「お願いしますわ、ここは僕を信じてください」

「鬼ってわかってるのなら、対策を立てればいいんじゃない？」

凜花が有無を言わせずに、スマートフォンで検索を始めた。

「何してはるんですか？」

「鬼の苦手なものを調べてるのよ」

「簡単に通用するとは限らへんやないですか」

「やっぱ炒《い》った大豆に弱いんだって」凜花が指を鳴らす。「鬼の弱点は目だから、《魔の目》で豆なんだって」

「ただのこじつけやないですか」

だが、凜花は大吉を無視してネットの記事を読み上げた。

「イワシの頭にも弱いみたい。あと柊《ひいらぎ》の葉っぱ。葉の棘《とげ》が目に刺さるんだって」

「イワシって……」

「駅の近くに魚屋さんあるかな」

「ほんまに買うんですか？」

「何もないよりはマシでしょ」

凜花が真顔で言った。早くも暴走が始まっている。

「効果あるんかなあ……それに鬼は人間の姿に化けているから、見た目だけじゃわからへんらしいんです」

「それ、何の情報？」

「……ネットの情報です」

大吉は、苦し紛れに言った。ボンドに教えてもらったと言えるわけがない。

「あんたも調べてんじゃん」

「すいません……」

大吉は渋々謝った。どうも調子が狂う。

はっきり言って、凛花は苦手なタイプだ。とてもじゃないが、恋人にはしたくない。

なのに強く惹かれている自分がいる。ボンドや深沢に言われた通り、彼女を無事に守るのが大吉の仕事だ。

「金成さんは、誰かに見張られていたと言ってたわよね」

「はい」

四六時中、見張られて、電車の乗客や店の従業員や信号待ちの向かいの人が同じ女だったと言っていた。

「その女の正体を突き止めるわよ」

凛花が太い声を腹から出す。彼女は合気道の達人なので体力的にも強いが、実際はメンタルがずば抜けている。京都の事件のときも痛感した。

多分、大吉は凛花のそういうところが好きなのだ。京都市役所で彼女と出会ってから、単に可愛いだけの女では物足りなくなっている。

「その女が鬼なのかもしれませんね」

大吉は、ボソリと呟いた。

「ちょっと待って……」凜花が細い指で顎を押さえて考え込む。「金成さんは、原因不明のエレベーターの事故に遭《あ》ったのよね」

「はい……それがどうかしました？」

「車の事故も連続して起こってるじゃない。てことは、エレベーターも……」

「連続して起きている？」

どんな法則かはわからないが、あたってみる価値はありそうに思えた。

ちょうど江ノ電が稲村ヶ崎駅に到着した。

「図書館に行くわよ！　古い新聞の記事が見られるかも」

凜花が、飛び出すように電車を降りた。

「金成さんの家には行かないんですか？」

大吉も慌てて電車を降りる。

「あとで行くわよ。まずはエレベーターの事件を調べるのが先だわ」凜花が、気合を入れるように大吉の肩を叩いた。「あんたはこの近くの図書館を調べて。私はネットで過去のエレベーターの事件を洗ってみるわ」

また凜花のペースだ。でも、悪くない。彼女が輝くと、大吉の胸も熱くなる。

駅の階段を降りようとしたとき、ホームに青白い炎が現れた。前回よりもくっきりとした形で見える。

鬼火だ。鬼が大吉たちに警告しているように思えた。

負けてたまるかよ。

絶対に生き残って、京都に帰る。もし、二人で無事に京都に戻ることができたのなら、大吉は凜花に告白しようと思っていた。

あなたのことが心から好きだと。

22

この状況を幸せと呼んでもいいのであろうか。

奈々は、スプーンでルーを掬《すく》いながら途方に暮れた。テーブルの向かいでは、金髪王子が美味そうにビーフカツのカレーを食べている。

「この店には前から来たいと思ってたんですよ」

サクサクと衣を嚙んで、上機嫌だ。

「ここ、人気あるもんね」奈々の隣に座る初音が、甘い声で返す。「どう？　美味しい？」

「最高です」

何か嫌だ。金髪王子の違う一面を見た気がした。はっきり言って、見たくなかった。

奈々たちは、七里ガ浜の近くにあるカレーが美味しい洋食屋に来ていた。テレビでよく取材されている有名店だ。今日はたまたますんなり入れたが、いつもは行列ができている。

「奈々は美味しい？」

初音が今度はこっちに訊いてきた。

「うん」

わざとそっけなく答える。早く店を出て、鬼払いの仕事に戻りたい。

だが、初音にマークされていて動けない。金髪王子も気になる。

昨夜、金髪王子は奈々に何かを伝えようとした。デートに誘うような素振りだった。ぜひとも続きを聞きたい。

鬼だの超能力だので、人の恋路を邪魔するのはやめて欲しい。

「針田君って幽霊を信じる？」

初音の唐突な質問に、奈々はルーを吹き出しそうになった。

「えっ？　怖い話は嫌いじゃないですけど、霊感はないっすよ」

金髪王子が、戸惑いながらも律儀に答える。

「じゃあ、鬼は信じる？」

「鬼って、あの鬼っすか？」

「うん。見たことある？　どんな姿してるのかしら」

奈々に対する明らかな挑発だ。わざと揺さぶりをかけてきている。奈々が「仲間になる」と言わない限り、この手の脅迫は続くだろう。

「あとね、鬼払いって知ってる？」

「……知らないですよ」

金髪王子がカレーを食べる手を止め、チラリと奈々を見た。ようやく、初音の異常さを感じ取ってくれたみたいだ。

「奈々は知ってるんだよね、鬼払い」

初音が、見下すような目で奈々を見た。

ここまでだ。怒りが頂点に達した。

奈々の頭の中で、ブチリと音が鳴った。

「ここではやめておきなさい」

初音がやんわりとした口調で嗜《たしな》めた途端、奈々が座っていた椅子の脚がボキリと折れた。

先に力を使われた！

奈々は、勢い余って仰向《あおむ》けにひっくり返った。両手がベタリと床につき、磁石同士のように離れない。

「ど、どうしたの？」

金髪王子が仰天《ぎょうてん》して立ち上がろうとする。

「あんたも座っていなさい」

初音が舌打ちをした拍子に、金髪王子がテーブルに上半身から崩れ落ち、カレーに顔を突っ込んだ。必死にもがくが、奈々と同様に動くことができない。

「やめて……」

奈々は、声を振り絞って懇願《こんがん》した。

「大事な彼氏の腕が折れてもいいの？」

「お願い……」

涙を流すこともできない。全身麻酔をされたみたいに、意識以外の感覚がなくなってしまった。喋ることはできるが、酔ったみたいに呂律《ろれつ》が回らない。

「鬼払いのことを教えなさい」

ボキリと乾いた音が店内に響き渡る。金髪王子が、カレーに顔を埋《うず》めたまま悲鳴を上げた。右腕がおかしな方向にひん曲がっている。

「次は左腕だね」

初音が、サディスティックな笑みを浮かべた。

「やっぱり左脚にするね」

さっきよりも遥かに大きな音がした。悲鳴も倍以上の音量だ。左脚の膝から下が逆方向に九〇度になっている。

「誰か……助け」

奈々は、他の客に通報してもらおうとして愕然《がくぜん》とした。満員だったはずなのに、店内には奈々たちしかいない。

また、やられた。奈々は幻覚を見せられていたのだ。

「ご協力、ありがとうございます」

金髪王子が座っていた位置に雄平がいた。顔にカレーは付いていないし、腕と脚も折れていない。

「どう？　鬼払いの詳細はわかった？」

「もちろん」雄平が不敵に笑う。「奈々ちゃんが心の中でしっかりと説明してくれたよ」

不覚だった。金髪王子が虐待《ぎゃくたい》されていると思い込み、教えまいと意識するあまり、鬼払いの詳細を思い浮かべてしまったのだ。

「どう？　私たちと争っても無駄でしょ。早くお返事ちょうだいね」

初音が勝ち誇った顔で、床にうずくまる奈々を見下ろしたあと、雄平とともに店を出て行った。

一人残された奈々にできることは、ひとつだけだった。

奈々は、唇が切れるほど嚙み締め、声を押し殺して泣いた。

23

凜花と大吉は、図書館で過去に起きた原因不明のエレベーターの事故を調べていた。

偶然にも図書館は、新谷さんの婚約者と深沢の事故現場の交差点から、さほど遠くない位置にあった。何か因縁のようなものを感じる。

「またあった！」

凜花は興奮して閲覧用のパソコンのマウスを握りしめた。

《白昼の恐怖。エレベーターが突然落下》

鎌倉ではなく二十四年前の福岡の事故だ。一時間調べただけで、全国で似たような事件が十六件も見つかった。一番古い記事で三十年前だった。一番新しいのは金成の事故の次に起きた、東京・品川のオフィスビルのエレベーター事故だ。

なんと、先月に起きている。

「これが全部……鬼の仕業なんですか？」

「さすがに全部とは言えないかもしれないけどね」

凜花はもう一度、十六件の事件を見比べてみた。共通している不審な点は、事故の原因が不明であることと、被害者がエレベーターに一人で乗っていることだ。エレベーターはすべて、デパートや駅ビルなどの人が多い場所に設置されているものだった。

「鬼の目的は何やねん」

大吉が苛つきを隠さず、唇を噛む。

「化け物に目的なんてあるの？」

「これだけ規則性があるんですよ。何かはありますよ。人間に危害を加える霊にだって、こだわりみたいなものはあるんです」

「こだわり？」

「現れる場所や人間の襲い方に、偏《かたよ》りがあるパターンが多いんです」

たしかに、京都の事件のときもそうだった。凜花たちを襲った花嫁には、明確な意思があったように感じた。

どんな細かいことでもいい。気にかかる部分を徹底的に調べるしかない。時間は限られているのだ。

凛花は、気合を入れ直し、パソコンの画面を覗き込んだ。

「先月に起きたエレベーターの事故、被害者は生きているわね」

全員が死亡したわけでなく、金成のように重体ながらも助かった事故が十六件中、五件あった。

「深沢さんを轢いた青い乗用車を運転していた男も、意識を取り戻したそうですよ。深沢さんからメールが入ってました」

どうして、凛花ではなく大吉に連絡するのだ。カチンときたが、ここは流そう。

「私、品川に行くわ」

「えっ？」

「鎌倉からなら一時間もかからないでしょ」

「そうですけど……行って何しはるんですか？」

大吉が、不安げに訊く。

「エレベーター事故の被害者に会ってくる。このオフィスで働いていたから、身元はわかっているし」

「マジですか？」

「たとえ、本人に話を聞けなくても、先月の事故だから、周りの人間の記憶も新しいわ。いろんな情報を掻き集められる可能性が高いと思わない？」

「まぁ……そうですけど」

「あんたは病院に戻って」

「何でですか？」

「青い乗用車の運転手に話を聞いて欲しいの」

「無理ですよ。意識を取り戻したばかりやのに」

「行きなさい」

図書館なので大きな声は出せないが、凜花は強い口調で言った。

「金成さんに会わなくていいんですか？」

「どうせ、また五分で追い返されるわ。それなら、品川と病院のほうがまだ芽はある」

「わかりました」

大吉が何とか承諾してくれた。明日の夜までと時間制限を決めたことで、協力的になってくれている。

「病院に行って、運転手に何を訊いてくればいいんですか？」

「後部座席に三人目が乗っていなかったかどうか、確認して欲しいの」

「……鬼を見たかどうかですね」

意識を取り戻したばかりの人間には、非常に訊きづらい質問だが、ここは大吉に頑張ってもらうしかない。

「できるなら似顔絵を描いてもらって」

「絵を？」

「深沢さんと金成さんと運転手は、鬼を見たかもしれない。その鬼が化けている人間が同一人物なのか確かめたいの」

鬼がわかれば、なんとか対処できる。倒しかたはまだわからないが。

無謀であってもやるしかない。これがGPSの決着のつけかただ。

「たぶん、意識はあっても重体だと思いますけど……」

「あんた絵は上手い？」

「はい？　僕ですか？」

「絵心はあるかって訊いてるの」

「あるように見えます？」

「見えない」凜花は即答した。「自分なりでいいから、運転手から聞いた鬼の顔をモンタージュしてきて」

「モンタージュって言われても……」

大吉が自信なさげに口を歪める。

「つべこべ言わない！　やるしかない！」

凜花の大声が、図書館の静寂《せいじゃく》を破った。

そこら中から、咳払いが起きた。

24

充が初めて人を殺したのは十九歳の六月だった。梅雨の時期で、ちょうど今日みたいな雨が降っていた。

灰色の空を見ると、あの日のことを思い出す。

「ある家族を消してくれないか」

初めての玄心様の指令に、心が躍《おど》った。雄平と初音は、ひと足先に指令を受けていたからだ。

「消すとはどういう意味ですか？」

《世界玄心教》で修行を積んだ充は、自分の意思で人や物を消すことはできた。ただ、それは相手に幻覚を見せているだけで、実際は存在している。「人は信じたいものを信じる。見えないと信じ込ませればいいのだ」が、玄心様の教えだった。

だが、今回の玄心様は、別のことを望んでいると伝わってきた。

「この世から永久に消して欲しいのだ」

玄心様が慈愛《じあい》に満ちた笑みを浮かべた。

「かしこまりました」

たったこれだけで、幸せで胸がはち切れそうになる。熱い涙が溢れてきた。

二日後、充は京都から愛知県の春日井市《かすがいし》へと移動した。駅からメモに書かれた住所までタクシーで行き、住宅街にある白い屋根の一軒家のインターホンを押した。

「はーい」

ドアを開けたのは、十歳ぐらいの少女だった。

充は何も言わずに家の中へと入っていった。

「あれ？　誰もいない」

少女が不思議そうな顔で玄関先を見る。

運良く家の中に家族は全員いた。彼らにとっては不運以外の何物でもないが。

なるべく一瞬で、苦しませずに逝《い》かせてやりたい。《世界玄心教》のために死ねるのならば、彼らにはきっと明るい死後が待ち受けている。

彼らはちょうど夕食を終えたあとだった。リビングに集まり、バラエティー番組を見ながら団欒《だんらん》を楽しんでいた。テレビの画面で、お笑い芸人が落とし穴にはまったのを観て、家族が同時に笑った。

今だ。

五人の首の骨が折れる音が、リビングに響いた。動かなくなった彼らを見ても、充には何の感情も湧き上がらなかった。

充は、任務を終えてもすぐに帰らなかった。息を吸い、家に残る家族の匂いを思う存分に嗅《か》いだ。

二階に行き、子供部屋に入る。女の子の部屋だが、かまわない。小さなベッドに身を丸めて眠った。なるべく、消えた自分の家族のことは思い出さないようにした。

「お客さん、着きましたよ」

タクシーが、鎌倉駅前の総合病院の入口前で停まった。

「……ありがとうございます」

我に返った充が、運転手に料金を支払う。

「相当具合が悪いのかい？」

運転手が心配そうに訊いた。

「えっ？」

「顔に血の気がまったくないからさ」

「いつものことです」

充はお釣りを受け取らずにタクシーを降りた。人をこの世から消す任務の前は、いつも夢の中を歩いているような気持ちになる。

ロビーを抜けて、エレベーターに乗った。鎌倉市役所の深沢が入院しているのは三階の部屋だ。

「すいません！　乗ります！」

扉が閉まる寸前に、男が乗り込んできた。充と同世代の、メガネをかけたスーツ姿の青年だった。

「何階ですか？」

「三階でお願いします」

青年が、充と同じ階を告げる。

公務員だろうか。全身から生真面目な雰囲気が滲み出している。

たまに、玄心様に出会わなかった自分の人生をシミュレーションすることがある。どんな仕事に就いていただろうか、と。

もしかしたら、この青年と同僚だった人生があったかもしれない。

エレベーターが三階に着いた。ドアが開くのが待ち切れないかのように、青年が駆け足で出て行く。

……何をそんなに急いでいるんだ？

ふと、喉の奥に何かが詰まったような感覚に陥る。

公務員？

充はエレベーターから出て、青年の背中を追った。青年が入っていったのは深沢の部屋だった。

鎌倉市役所の人間か？

玄心様からの指示がなければ人を殺《あや》めることはできないので、面倒なことになる。ものを消すのと人の命を奪うのとでは、使う能力が違うのだ。

進むべき道を悩んだとき、救いの手は差し伸べられる。

充のスマートフォンが鳴った。電話の相手は確認をしなくてもわかる。

「玄心様」

充は弾む声で電話に出た。

『若者とは会ったか』

「はい。彼は深沢の同僚ですか」

『いや、京都市役所心霊相談課の者だ』玄心様が、少し間を置いて静かに言った。『彼も抹殺してくれ』

25

「あれ？　凜花ちゃんは？」

ベッドで雑誌を読んでいた深沢が目を丸くした。

「僕、一人です」

大吉は肩で息をしながら答えた。走ってきたので苦しい。

「とうとう、仲間割れしたか」

深沢が冗談っぽく言った。しかも、読んでいる雑誌は卑猥《ひわい》なグラビアの青年誌だ。回復が早いのは喜ばしいことだが、どこまでもふざけた男である。

「手分けして調査することにしました」

「何の調査だ？」

「深沢さんを轢いた青い乗用車の運転手と話をしたいんです」

「今から？　無茶言うなよ。容態はまだ安定してないだろ」

「わかってます。でも、鬼を見つけ出すために、どうしても必要なんです」

「鬼？」

深沢がポカンと口を開けた。

「深沢さん、右利きですか？」

イタリアンでフォークを右手で使っていたのを覚えている。ラッキーなことに、ギプスをしているのは左腕だ。

「ああ、そうだけど。どうして？」

「絵を描いて欲しいんです」

「あん？」深沢が半笑いになった。「何の絵だよ？」

「似顔絵です」

「誰のだよ？」

「青い自動車の後部座席に乗っていた人間です」

「あれは、俺の錯覚だと……」

「そいつが鬼かもしれないんです」

ここは信じてもらえるように気合でいくしかない。大吉は凜花の迫力を思い出して深沢を見た。

「仕方ねえな」深沢が、軽いため息をついた。「お前らが、何を調べているか、わからないけど協力してやるよ」

「ありがとうございます」

大吉は、深沢に頭を下げた。ちゃらんぽらんなところがあるが、凜花を命がけで守ったこの男は尊敬に値する人物だ。

「しかし、後部座席に乗っていた奴が男か女かもわからんぞ。何せ、一瞬しか見ていないからな」

「それでも構いません。顔の特徴がわかるように描いていただければ結構です」

大吉は、ここに来る途中にコンビニで買ったボールペンと紙を渡した。

「用意がいいな」

「あと、青い乗用車の運転手と話ができるよう、段取りをつけてください」

「本当に話をするつもりなのかよ」

深沢が顔をしかめるが、どこか嬉しそうだ。

「おねがいします。凜花さんの指示なんです」

「その凜花ちゃんはどこにいったんだよ？」

「品川です」

「なんでそんなところに？」

さすがに、これはスルーできない。大吉は手短に、深沢に図書館で調べたことを説明した。

深沢は目を閉じて茶化すことなく、じっと大吉の言葉に耳を傾けた。

「なるほど。いいところに目をつけたな。お前ら、意外と名コンビなのかもしれん」

感心した深沢が何度も頷く。

「そうとは思いませんけど」

名コンビと言われて照れてしまう。京都に戻っても、凛花と一緒に仕事がしたい。そのためには、必ず彼女を守り抜き、鎌倉市役所のGPSをほぼ壊滅にまで追い込んだ事件を解決してみせる。

「よし。被害者のごり押しで、なんとか運転手と面会できるように話をつけてやるよ」

深沢がポンと大吉の頭を雑誌で軽く叩いた。

「ありがとうございます！」

「俺の傷が治ったら、今度は男二人で飲みに行こうぜ」

「はい！」

胸が熱くなった。また、この男に会いに鎌倉に戻ってきたい。

「サーフィンも教えてやるぞ」

もう一度、「はい」と返事をしようとしたとき、部屋に入ってきた人間が大吉の言葉を遮《さえぎ》った。

「残念ですが、あなたはもう波には乗れません」

さっき、エレベーターで会った男だ。顔色が悪かったので、てっきり患者だと思っていた。

「誰だ、君は？」

深沢が訝《いぶか》しげに男を見る。知り合いではなさそうだ。

「サーフィンどころか、あなたはそのベッドから降りることもできません」

あっという間に、異様な空気が病室を包み込んだ。

このタイミングで現れたと言うことは……鬼？　いや、どう見ても人間だ。

「だから、誰だって言ってるだろうが！」

深沢が、普段からは想像できないような、いかつい顔と声で威嚇《いかく》した。昔は不良だったのではないかと思えるほどの迫力だ。

「あなたと話すのは初めてではありませんよ」

男が、落ち着いた目で深沢を見た。若いのに肝《きも》が据わっている……というより、無表情で何も感じないようにも見えた。

「二週間前に電話で話をしました」

「嘘つけ、この野郎！」

「覚えていないのも致し方ありません。僕が暗示をかけただけですから」

……暗示？

大吉とベッドの上の深沢が顔を見合わせた。

男が遠慮気味に肩をすくめて言った。

「京都市役所心霊相談課を鎌倉に呼ぶように、我々が指示を出したんです」

26

「ただいま」

奈々は、弱々しい声で実家のドアを開けた。スニーカーを脱ぐこともできないぐらい疲れ果てている。

結局、鬼は現れなかった。雄平たちのせいで、警戒させてしまったのだろう。

「……？」

多江からもせらからも、返事がない。奈々からの連絡を待っていたはずなのに……。

「ただいま！」

不安に駆られて、大きな声で叫んだ。しかし、多江とせらの声はしない。家の中はしんと静まり返っている。

ピリピリと嫌な予感がする。この二日間で奈々に起こった出来事を考えると、二人に何かあってもおかしくはない。多江とせらのことだから、うまく切り抜けていると信じたいが。

奈々は、自分のスマートフォンで多江にかけた。着信音が鳴るだけで電話に出てくれない。高齢のせらは携帯電話を持っていなかった。

やっぱり……何かあったんだ。

信じる気持ちが脆《もろ》くも崩れていく。奈々の前に突如《とつじょ》現れた特殊な能力を持った若者達のバックには、とてつもなく巨大な力がある。

奈々は、せらの和室に入り、隅に置いていたグレーのリュックを背負った。和室を出て、足を止めた。玄関の靴箱の上に鬼火が浮いている。玄関から出ることができない。玄関だけではなく、二階へと続く階段やリビング、ベランダと次々と鬼火が増えていく。

私を家から出さない気だ。

奈々の全身から汗が吹き出した。住み慣れた家の中で、鬼火を見たくはなかった。

『助けてほしいか』

頭の中に声が響いた。

……雄平の声だ。だが、姿は見えない。

「どこにいるの？」

奈々は切羽詰まって訊き返した。

『外さ。近くに児童公園があるだろ。そこのベンチに初音と座っている』

他人の心を読むだけではなく、距離があっても直接心に話しかけてくることができるのか。

「噓……」

増殖《ぞうしょく》するように、鬼火が増えていく。リビングだけでも十個以上あった。

『俺たちの仲間になるなら助けてやるよ』

雄平がクスクスと笑う。

「お断りです」

『頑固な子だなあ。そんなんじゃ、モテないよ』

大きなお世話だ。奈々がどう生きようと誰にも文句は言わせない。

「どうして、離れているのにこっちの様子が分かるの?」

『能力がさらに覚醒すれば、これぐらいのことは君も当たり前になる。さあ、覚悟を決めろ。俺たちの仲間になるか鬼に食われるか、二つに一つだ』

「どっちも嫌よ」

普通の生活を取り戻して、普通に彼氏と鎌倉デートするのが奈々の夢なのだ。狂った信者と共同生活するなんて、考えただけでも吐きそうになる。

『強情だな。鬼が来るぞ』

「この家に鬼は来ないわ」

離れているのに、雄平がこっちの様子がわかる理由は一つだ。この無数の鬼火が幻覚だからだ。

奈々は、足を肩幅に開き、下腹に力を入れた。徐々に眉間のあたりが熱くなっていく。

「はっ！」

鋭く息を吐いた瞬間、すべての鬼火が跡形もなく消えた。

『やるじゃん』

雄平が、わざとらしく口笛を鳴らす。

「鬼の前にあんたたちを倒すから」

そう何度も、騙されてたまるか。

奈々は、リュックの肩ひもをしっかりと握り、家を飛び出した。さっきまで降っていた雨が止んでいる。全力疾走《しっそう》で児童公園まで向かったが、ベンチに雄平たちの姿はなかった。代わりに、黒いハットと黒いコート姿の長髪の男が座っていた。

「やあ」

黒い男が、軽く手を上げて微笑んだ。

「……あなたは？」

直感でわかった。こいつが、雄平たちの教祖だ。

「はじめまして。笛吹玄心です」

「な、何の用ですか？」

怖い。すべてを見透かされ、丸裸になったような気持ちになる。

「君に助けて欲しい」

「助ける？」

思ってもみなかった言葉だ。そして、玄心の恐ろしいほど澄んだ目に吸い込まれそうになる。

「世界は破壊を望んでいる」

「意味わかんない」

奈々は、敵意を剝き出しにして返した。

「我々には君の力が必要だ。ぜひ、京都に来てくれないか」

「私の家族をどこにやったのよ！」

「残念だが、もう二度と会うことはできない」

「仲間になったら返してくれるの？」

「それは約束する。だが、京都に来ても家族と会えないのは同じことだ。君には家族を捨ててもらう。新しい家族が待っているからな」

「舐《な》めるな。私は暁家の人間だ」

何よりも鬼払いを優先するのが使命だ。暁家の女は、そうやって人生を送ってきた。多江とせらの顔が浮かび、胸が詰まる。

でも、こいつの前では絶対に泣かない。

「鬼払いを一人でやるつもりなのか」

玄心が、優しい声で訊いた。

「やってみせるわ」

言葉と裏腹に、膝がガクガクと震え、立っているのがやっとだった。

「お手並みを拝見しよう」

風が吹き、児童公園の銀杏《いちょう》の木が揺れた。ベンチには、もう誰も座っていなかった。

止んだと思った雨が急に降り出し、土砂降《どしゃぶ》りになった。

27

雨が本格的になってきた。

午後五時。凜花は、JR鎌倉駅を降りて傘をさした。

どういうわけか、大吉と連絡がつかない。手分けして調査をしたのが、ここにきて裏目に出たのかもしれない。

お願い、無事でいて……。

品川では、それなりに収穫があった。エレベーター事故に遭遇した本人には会えなかったのだが、おしゃべりな同僚からたっぷりと話を聞くことができた。

興奮して鎌倉に戻ってきたものの、電車に揺られているうちにクールダウンしてきた。

私は、一体、何と戦っているの？

幽霊？　鬼？

果たして終わりはあるのだろうか。京都に続き、鎌倉でも危険に巻き込まれた。今回が無事に終わっても、いずれまた、得体の知れない化け物が現れる。

霊感商法の詐欺師《さぎし》を、合気道の投げ技で懲《こ》らしめていた頃が懐かしい。数ヶ月前なのに、ずいぶん昔のことに思える。

何度電話をしても、大吉に繋がらない。途方にくれた凜花は、一旦、ビジネスホテルの自分の部屋に戻ることにした。

「おかえり」

長坂が、覇気《はき》のない笑顔で迎えてくれた。

部屋の隅のテーブルに置かれている鳥籠の中で、ボンドがちょこんと止まり木に立っている。身動きもせずに凜花を見つめ、何か言いたそうだ。

「仕事は終わったの？」

長坂が、ベッドに倒れ込んだ凜花に聞いた。

「まだ」

凜花は枕に顔を埋めて、ぶっきらぼうに答えた。

「そうなのか……」

ベッドの端に、長坂が腰を下ろした。凜花とは微妙な距離がある。二人は別れてから、一度も体に触れ合っていない。

「いつまで鎌倉にいるの？」

凜花は、あえて冷たい声で訊いた。

「できれば……凜花と一緒に京都に帰りたい」

「何度も言わせないで。もう、私たちは終わったのよ」

ため息が漏れないように、顔を強く枕に押し付けた。さっきまで寝ていたのか、長坂の懐かしい匂いがする。

「もう一度考え直して欲しい。俺のところに戻ってきて欲しい」

「何言ってんのよ。私の家に居候していたくせに」

「《グリーンマイル》を閉めようかと思っているんだ」

「えっ？」

凜花は、思わず顔を上げた。

「飲食のバイト時代の先輩から声をかけられたんだ。先輩が料理長をしているホテルのバーで、バーテンダーが足りないから募集しているって」

「初耳なんだけど」

「ごめん……ずっと迷っていて言い出せなかったんだ」

こめかみの横の血管が切れそうになった。そんな大切な相談をしてくれないなんて、何のための彼女なんだ。

「その話を受けるの？」

「うん」長坂が、真剣な目で頷いた。「俺もいつまでもフラフラしてられないからな。ホテルに入れば、正社員になれるし」

「正社員になりたかったの？」

「……そういうわけじゃない」

「じゃあ、何よ」

急にいろんな思いがこみ上げてきて、ハラハラと涙が溢れた。長坂との思い出や、《グリーンマイル》のカウンター。京都市役所の仕事仲間たち。どうしても、熱くなって暴走してしまい、結局は周りに迷惑をかけてしまうこと。深沢とのこと。もしかすると、大吉に危険が及んでいるかもしれないこと。

頭の中がぐちゃぐちゃになって、もうどうしていいかわからない。

凜花は、ベッドに正座したまま、声を上げて泣いた。子供のように、わんわん泣いた。

そして、いつのまにか、長坂のほうへ両手を伸ばしていた。

「よしよし」

長坂が、抱きしめてくれる。いつもやってくれるように、誰よりも柔らかく。

「どうして、逃げたのよ」凛花は長坂の胸に何度も頭突きをした。「どうして、私から逃げたのよ」

「ごめん……決断するのが怖かったんだ」

「何の決断よ？」

長坂が、背中に回していた手をほどき、凛花の両手を握りしめてきた。

「俺と結婚してくれ」

「な……」

頭が真っ白になって、返す言葉が何も浮かばない。

「この台詞を言うために、鎌倉まで会いに来たんだ」

「ば、馬鹿なの？」

「知ってるだろ。大馬鹿だよ」長坂が、さらに凛花の手を強く握る。「俺について来てくれ。勤めるホテルは京都から離れてるんだ」

「私に市役所を辞めろってこと？」

長坂が、見せたことのない真剣な顔で頷く。

「俺を信じてくれ」

全身が粉々に砕けて弾けそうだ。喜んでいいのか怒るべきなのか、感情のチューニングができない。

「いきなり言われても……てか、そのホテルはどこにあるのよ」

「かなり遠い。だから悩んでたんだよ」

「焦《じ》らさないで教えてよ」

長坂が申し訳なさそうに、頭を掻いて言った。

「沖縄だよ」

28

本物の金髪王子に会いたい。

大雨の中、奈々は勇気を振り絞って、大股でコンビニへと歩いていた。振り絞るまで、かなりの時間がかかったが、最後に奈々の背中を押したのは、後悔したくないという思いだった。

後悔とは、鬼払いが失敗して死ぬときに、「針田君に想いを伝えたかった」と頭を過ることである。

それだけは絶対に嫌だ。告白するには最悪の天気だけど、今夜しか残されていない。

きっと、鬼は明日来る。暁家の血がそう告げている。

日は暮れ、コンビニの看板が闇に浮いている。何度、この看板を見ながらこの道を歩いたことだろう。

一瞬でもいいから、好きな人に会いたい。ひと言でいいから声を聞きたい。笑いかけて欲しい。それだけで、何もいらないほど幸せな気持ちになれる。

恋は魔法だ。どんな超能力よりも、人を元気にできる。

コンビニの前に着き、傘立てに傘を立てかける。深呼吸して、自動ドアに足を踏み出した。

「いらっしゃいませ」

丸坊主にしている中年の店員が、野太い声で挨拶をしてきた。

やっぱり、いない。金髪王子は、深夜のシフトしか入っていないのだろう。

視線を感じる……。

おにぎりコーナーの前に、顔面四角ババアが立って奈々を睨んでいた。夕方のこの時間にも入っているなんて、ババアのくせにどれだけ強靭《きょうじん》な体力をしているのだ。

そもそも、どうして奈々が敵視されるかが理解できない。最初は若さに嫉妬しているのかと思ったが、これは違う。

顔面四角ババアも、金髪王子に本気で恋をしているのだ。それしか考えられない。既婚者か独身なのかはわからないが、背筋が寒くなる。

だが、顔面四角ババアと会うのは今夜が最後だ。金髪王子に告白して、フラれたら、もうこの店には来られないし、万が一成功して金髪王子とつきあえることになっても、恥ずかしくて来られない。

それに、鬼払いに失敗する可能性もある。

「あの……」

奈々は意を決して、レジにいる丸坊主の店員に話しかけた。

「はい？　何でしょうか？」

制服姿の女子高生に話しかけられたからか、丸坊主が鼻の下を伸ばす。

「針田さんは、何時に来られますか？」

「ああ。今日は休みですよ」

丸坊主が「やっぱそうかよ。イケメンに限るかよ」という表情で返す。

「……お休みですか？」

ショックで力尽きそうだ。今、ここに鬼が現れたら瞬殺される。

「針田に用事があるの？」

「は、はい……でも、今夜でなければダメなんです」

「引っ越し？」

「そんな感じです」

鬼払いの説明をしたら、危ない人間だと思われて救急車を呼ばれるかもしれない。

玄心と会ったあと、雄平たちの挑発はピタリと止まった。「お手並みを拝見」と言った玄心が、奈々に近づかないように指示を出したのか。

「しょうがないなあ」丸坊主が、さっきよりも長く鼻の下を伸ばした。「教えてあげるよ」

「何をですか？」

「針田の居場所。この時間はいつもスタジオに入ってるからさ」

「スタジオって、音楽ですか？」

「そう。あいつ、バンドマンなんだ。だから、気をつけたほうがいいよ」

丸坊主が冗談っぽく言った。意外にいい人なのかもしれない。

「スタジオはどこにあるんですか？」

「ここからすぐだよ。奴がこのバイトを選んだのも、スタジオに近いからって言ってたしな」

「教えてください！」

声が裏返ってしまった。あっという間に全身にパワーが漲《みなぎ》る。

丸坊主にスタジオの住所を聞き、スキップしそうな勢いで店を出た。土砂降りなのに傘を忘れそうになる。

振り返ると、雑誌コーナーから、まだ顔面四角ババアがこっちを見ていた。中指を立ててやろうかと思ったが、はしたないのでアカンベーで勘弁してやった。

五分も歩かないうちにスタジオに着いた。本当に近い。

こんな住宅街の真ん中にスタジオがあるとは知らなかった。丸坊主曰《いわ》く、ある有名なミュージシャンが別荘代わりにしていた物件が貸し出され、地下の音楽スタジオをそのままレンタル経営しているらしい。

ぽつんと申し訳程度の看板があった。知らなければ目の前を通っても気づかずに素通りしてしまう。

いよいよだ……生まれて初めての告白だ。

緊張は限界を超えて、さっきから平衡《へいこう》感覚がなくてまともに歩けない。三度も水たまりにはまって、スニーカーはビシャビシャである。

お願いします。神様、勇気をください。

だが、頭の中に出てきたのは、多江とせらの二人だった。せらは、また小汚い野良猫を抱いている。

ママ、お祖母ちゃん……。待っててね。わたしが必ず助けるからね。

恋の告白が成功すれば、鬼払いが成功する気がする。歴代の暁家の女たちに叱られそうだが、今の奈々には恋のパワーが必要なのだ。

奈々は、傘をたたみ、看板の横の階段を降りた。すると——。

地下には重厚なドアがあり、その前で金髪王子が露出度の高いギャルにディープキスをしながら胸を揉《も》んでいた。奈々にまったく気づいていない。

奈々は、降りてきた階段を忍び足で上った。

29

この世には、触れてはいけないものがある。

大吉は、コンクリートの床にうずくまりながら、じっと目の前の壁を見ていた。

窓のない部屋。四方の壁もコンクリートで鉄のドアだけがある。スマートフォンと腕時計を没収されたので、今が何時かもわからない。

大吉と深沢は、病室にいた。そこに、不気味な若い男が入ってきたところまでは覚えている。

そのあとの記憶がスッポリと抜け落ちている。眠っていたわけではない。テレビ番組のチャンネルを変えるみたいに、病室からパッとこの部屋に瞬間移動したみたいな感覚だ。

あの不気味な若い男は、霊ではない。それはわかる。

じゃあ、何だ？

わからない。子供のころから霊を見てきた大吉ですら、一ミリも理解できない現象が起きている。

大吉の左手首には、手錠がされている。手錠のもう片方は、床で倒れている深沢の手首に繋がれていた。

何度も体を揺さぶった。耳元で叫んだ。どれだけ強く胸を叩いても、深沢は目を覚まさなかった。

誰が、深沢さんを殺した？　あの不気味な若い男か？

深沢の死因はわからない。首を絞められたような痕も残っていなかった。

そして、こんな場所に大吉を監禁する意味は何だ？

もしかすると、ここは死後の世界で、大吉はすでに死んでいるのかとすら思えた。

また時間が流れた。いや、止まっているのかもしれない。

ようやく、鉄のドアが開いた。それだけで、大吉は涙が溢れそうになった。

「ご機嫌はいかがですか？」

あの不気味な若い男だった。続いて、黒いハットに黒いコートの男が入ってくる。長髪が背中まで伸びている。

この男は……。

忘れようにも忘れられないビジュアルだ。京都市役所の心霊相談課で、刑事の椿《つばき》に見せられた映像に出ていた男だ。

「……玄心」

完全に思い出した。《世界玄心教》の笛吹玄心だ。

「君は、京都市役所の柳楽大吉だね」

玄心が微笑んだ。コンクリートの反響のせいか、彼の独特な声が鼓膜《こまく》に突き刺さる。

「なんで、僕の名前を知ってんねん」

「それに答える必要はない」

「じゃあ、深沢さんを殺したのは誰やねん！　教えろや！」

玄心は、言葉の代わりにコートの中から銀色に光るものを取り出した。

ナイフ？

刃先が奇妙な形をしている。

「何すんねん！」

大吉は、恐怖を押し殺して叫んだ。

玄心が無言でナイフをかまえる。

こんな場所で殺されるのか……。どこまで理不尽なんだ。

玄心はそのまま、ナイフを横に振った。隣に立っていた不気味な若い男の首に赤い筋が走る。

首から大量の血が噴き出し、若い男は呻き声も発さずに、コンクリートの床にうつ伏せに倒れた。

「ああ……」

大吉は、目の前の光景に絶句した。一体、何が起きた？　なぜ、玄心が仲間であるはずの若い男を切りつけたのだ。

若い男の周りに血だまりができる。しばらく痙攣していたが、やがて動かなくなった。

「この男は死んだと思うか？」

玄心が血まみれの若い男を指した。

「……は？」

何を質問されているのかすらわからない。

「彼はどうだ？」

玄心が、今度は大吉と繋がっている深沢を指した。

「死んでいるに決まってるやろ……」

怒りで、全身がブルブルと震える。どうなってもいいから、一発、玄心をぶん殴りたい。

「人間は、自分が信じたいものを信じる」

玄心が厳かな口調で言い、若い男の遺体に手をかざした。

「まさか……」

この世には、触れてはいけないものがある。それを大吉が目撃するのだ。

いきなり、大吉の首筋や脇から汗が流れ落ちる。

暑い……。部屋の温度が急激に上がっている。

シューッという音とともに、若い男の体から水蒸気が噴き出した。床の血もみるみると空気に溶け込んでいく。

「嘘やろ……」

若い男がゆっくりと立ち上がり、腰を抜かしている大吉に近づいた。

「深沢さんも蘇ることができますよ。玄心様は、あなたに生きるチャンスを与えたいとおっしゃっています」

「あ、ありえへんやろ」

でも、信じるしかない。数秒前に奇跡が目の前で起きたばかりなのだ。

「明日、鎌倉に鬼が現れる」玄心の声が部屋に響き渡った。「ある少女が戦うことになる」

「……僕に何をしろと？」

深沢さんを生き返らせたければ、玄心の要求を飲まなければならない。

玄心は、ビー玉のような目で大吉の顔を覗き込み、言った。

「その少女とともに、鬼と戦うのだ」

30

朝が来た。昨日までの雨が嘘のように、空は晴れ渡っている。

奈々は、赤く腫《は》れ上がった目で鎌倉の空を見て目を細めた。

「よしっ」

リュックを背負い直し、気合を入れる。

昨夜、思う存分泣いたおかげで、心も体もスッキリしている。モヤモヤした気持ちも残っていない。ある意味、絶好調ともいえる。

「金髪王子、殺す」

今の奈々にとっての復活の呪文を呟き、腕をグルグルと回した。

現実はこんなにも厳しいのか。鬼払いがなければ、ショックで立ち直れなかったかもしれない。

人間って、鬼より怖いじゃん。

それがわかっただけでも成長だ。もし、生き延びたら、二度とチャラいイケメンに恋はしない。

午前、十時。七里ガ浜の国道沿いを一人で歩く。

必ず、鬼は現れる。

自分でも驚くほど集中力が高まっていく。何百年も続いてきた暁家の血が全身を駆け巡っているのがわかる。

どこだ？　どこから現れる？

今日は玄心や彼の信者の邪魔は入らないはずだ。自分にしかできない鬼払いを決めてやる。

二十分後、奈々は足を止めた。すれ違った車を目で追う。

いた！　鬼だ！

銀色のSUVの車が、鬼火に包まれながら走っている。

鬼を倒すには、あれに乗らなければならない。本来の《鬼払い》ならば、《餌》が鬼を引きつけ、《籠》が待つ場所まで誘導しなければならないが、無理だ。リュックの中に入っている《払い》の道具が、鬼を寄せ付けないのである。

何とかして、あの銀色のSUVを止めないと。止めさえすれば、《籠》で鬼の動きを封じることができる。

奈々は、国道を走ってきたタクシーを止めた。

「すいません！　前を走っている銀色の車を尾行してください！」

後部座席に転がり込むように乗り、運転手に告げた。

「いまどきの女子高生は凄いね」

運転手が目を白黒させる。

「早く！」

「りょ、了解です」

運転手がタクシーを急発進させる。その拍子に、後部座席に置いたリュックが足元に転がった。カランと乾いた音がする。

全身の毛穴が開いているみたいだ。興奮が恐怖よりも上回っている。

何、この感覚？

まだ始まったばかりなのに、奈々は《鬼払い》の虜《とりこ》になっていた。

多江とせらは男運が悪かったのではない。《鬼払い》の昂《たかぶ》りに比べたら、男との恋愛なんてカスなのだ。

奈々は、助手席の上から身を乗り出して叫んだ。

「もっと早く！」


「また、あんたか？」

ドアの隙間から、車椅子に座る金成が凜花を睨みつけた。

稲村ヶ崎の住宅街。凜花はめげずに、金成に会いに来たのである。

相変わらず、大吉とは連絡が取れなかった。それだけでなく、昨夜から深沢までもが行方不明になっていたのだ。大吉が見舞いにきたあと、何の痕跡《こんせき》も残さずに消えたのである。警察の話では、病院の防犯カメラに深沢と大吉が一緒に出ていく姿が映っていた。だが、映像の二人は、会話をすることなく、まるで、夢遊病者のような足取りだったらしい。

鬼だ。信じたくないが、大吉の予告どおりに現れたのだ。

「もう話すことはない」

金成が、ドアを閉めて凛花を追い払おうとした。

「五分だけでかまいませんので」

凛花が強引に、ドアの間に足を差し込んだ。

「け、警察を呼ぶぞ」

「私の後輩が鬼に殺されるかもしれないんです」

まだ生きている。それだけは信じたかった。

「俺には関係ないだろ」

「金成さんしか彼を助けることができないんです」

「鬼に狙われたら終わりだ。逃げ切ることはできない」

金成が、大げさにかぶりを振る。

「彼は逃げません」

「何だと?」

「彼は必ず鬼を倒します。そういう男です」

しばらくの沈黙の後、金成が魔除けの札だらけのドアを開けた。

「五分だぞ」

「ありがとうございます!」

凜花は深々と頭を下げた。鎌倉に来てから何度も頭を下げているが、京都のときのように悪い気はしない。むしろ、清々《すがすが》しい気持ちになる。

やっと、市役所の職員らしくなってきたみたい。

「何を訊きたい?」

「お話ではなく絵を描いていただきたいんです。似顔絵です」

凜花は、サインペンとノートを取り出した。

今朝、早くから動き、意識を取り戻した青い乗用車の運転手にも描いてもらった。品川で集めた証言から、凜花がモンタージュした似顔絵もある。

「だ、誰の似顔絵だ?」

金成が戸惑いながらも訊いた。

「鬼です。金成さんが何度も見た女の人を描いてください」

本当にここでいいのか？

大吉は不安になり、何度も見回した。

鎌倉市役所の駐車場に一人で立っていた。玄心が「鬼が現れるまで待て」と指定してきたのだ。

ここは、深沢と初めて会った場所だ。あのときは、まさかこんな展開になるとは思ってもみなかった。

見事な秋晴れの空だった。ぼうっと立っている大吉が、まさか鬼を待っているとは、誰も思わないだろう。昼前だというのに、そこそこ車で埋まっている。

ジリジリと不安が迫《せ》り上がってきた。もし、失敗したらどうなる？

深沢の遺体があるコンクリートの部屋が、どこにあるのかさえもわからない。例の如く、テレビのチャンネルのように、いつの間にか鎌倉駅の改札前にワープしていた。人の意識を自由自在に操る奴らに勝てるわけがなかった。

だが、深沢は必ず蘇らせる。そのためには、鬼と戦う少女を手伝わなくてはならない。

玄心は、なぜ、そんな要求を突きつけてきたのだろう。鬼退治を側から見て、何のメリットがあるというのだ。

きっと、裏がある。それを突き止めれば、玄心の秘密に辿り着けるかもしれない。

「大吉君！」

前方の歩道から、鳥籠を抱えた男が走って近づいてくる。

「長坂さん……」

「立っているのが見えたから、びっくりしたよ。何してるの？」

「ま、待ち合わせなんです。ちょっと、早く来てしまって」

悪いタイミングだ。鬼を探さなくてはいけないのに、立ち話をしている暇はない。

「ひと足先に帰ることにしたんだ」

「凜花さんのことはもういいんですか？」

凜花と早く連絡を取りたいが、スマートフォンを奪われたままだ。

「婚約したんだ」

長坂が、照れ臭そうに答える。

「そうなんですか。良かったです……えっ⁉」

聞き流すところだった。あまりの急展開についていけない。

「昨夜、プロポーズをしてオッケーをもらったんだよ」

大吉の心境とは正反対の嬉しそうな長坂の笑顔に、顔を背けたくなる。

何かの間違いであって欲しいが、凜花本人とは連絡が取れないし、大吉には鬼退治という大役がある。

「おめでとうございます……」

何とか、それだけは言えた。

「大吉君にはいろいろと世話になったよ。また京都で飲もう」

そのとき、目の端で青い光をとらえた。鎌倉で何度か見た火の玉だ。

デカい……というより、人が青い炎に包まれているではないか。

本人は何も気づかずに、普通の顔で歩いている。近くの病院の看護師だろうか。年齢は三十代半ばで、ナース服を着た女だ。

いや、普通ではない。よく見ると白目になっている。何かに取り憑かれたみたいな動きだ。

あれが鬼なのか？

「大吉君？」

長坂が心配そうに肩を叩いてきた。

「すいません！　急ぐんで！」

大吉は長坂を押し退け、ナースを追った。長坂とすれ違いざまに鳥籠とぶつかったが、気にしてはいられない。

背後から、長坂が何かを叫んだが、止まれない。

ナースは、駐車場に停まっている銀色のＳＵＶの助手席に乗ろうとしているところだった。銀色のＳＵＶは、高松ナンバーだ。しかも、車体全体が、ナースと同じ炎に包まれていた。

31

誰よ、あいつ！

奈々は、タクシーの後部座席から鎌倉市役所の駐車場を確認した。追いかけていた銀色のＳＵＶに、走って突進して行く若い男がいる。

メガネにスーツの生真面目そうな青年だが、鬼火には包まれていない。

鬼は、生《い》け贄《にえ》にする人間を鬼火で誘導するのである。ついさっき、銀色のＳＵＶに乗ったナースは鬼火に包まれていた。車は高松ナンバーだ。運転手も、鬼火によって香川からやって来たのだろう。

「駐車場に入ってください！」

奈々は運転手に指示を出した。

「尾行はいいのかい？」

「いいから！」

「空いているスペースに停めたらいいのかな？」

優しそうなおじさんだが、少し勘が悪い。

「あの銀色の車の前に回り込んでください」

「へ？」

「ギリギリのところで止めて、あの車が動かないようにして欲しいんです」

「無茶言わないでくれよ。あの車に乗っている奴に恨みでもあるのかい？」

「もういいです！」

奈々は金を払って、タクシーを飛び降りた。歩道を越え、駐車場を横切る。

メガネスーツの若者が、銀色のＳＵＶの助手席のドアを開けて、ナースを無理やり降ろそうとしている。

……何者なの？

偶然、鬼がいる車に絡んでいるだけなのか。だが、メガネスーツが他人に絡むようなキャラには見えない。

「大丈夫ですか？　しっかりしてください！」

メガネスーツが、ナースの肩を揺すっている。

何やってんの、こいつ！

奈々は車に接近し、ジャンプしてメガネスーツの背中を蹴り上げた。

「痛っ！　えっ、誰？」

メガネスーツが仰天して振り返る。至近距離で見ると、なかなかのイケメンではないか。

イケメンは大嫌いだ。いつも奈々の人生の邪魔をする。

奈々に蹴られた勢いでメガネスーツに押され、ナースがよろけて車から離れた。チャンスだ。ここを逃すわけにはいかない。

「お兄さん、車の運転できる？」

「できるけど……」

「乗って！」

銀色のSUVの助手席のドアを開け、飛び乗った。

「はあ？」メガネスーツが、唖然として立ちすくむ。「僕はどこに……」

「運転席よ！」

《餌》が鬼の懐《ふところ》に飛び込んだ。ここからは、一瞬のミスも許されない。

奈々はリュックを胸に抱え、ファスナーを開けた。

金成の家を出た凜花のスマートフォンが鳴った。長坂からの電話だ。仕事中だとわかっているのに、どうしてかけてくるのだろう。

昨夜は、プロポーズを受けてしまった。自分でもなぜイエスと答えたのかわからず、ほとんど眠れなかった。久しぶりに長坂と同じベッドで寝た。セックスはしなかったが、ずっと手を繋いでいた。

結婚していいの？　本当に沖縄に行くつもりなの？　弱っていたから？　違う。そんなことで一生を左右する選択を下しはしない。

長坂からの着信音は鳴り止まなかった。かなり、しつこい。先に京都に帰ったのではないのか。

今は、長坂のことは忘れたい。

凜花は、金成の描いた似顔絵を見て、最高に興奮していた。これは、絶対に偶然ではない。

鬼はいる……。

だからこそ、早く大吉を見つけ出して、金成と青い乗用車の運転手、そして凜花の描いたモンタージュを見せたい。

まだ、電話は鳴り続けている。

「どうしたの？」

凜花は辛抱《しんぼう》できず、もろに不機嫌な口調で電話に出た。昨夜、プロポーズを受けたとは自分でも信じられない。

『凜花、どこにいるんだ？　大変なんだよ』

長坂が早口で捲《まく》し立てた。彼にしては珍しくテンパッている。

「な、何よ」

『大吉君がいたぞ！』

「マジ？　どこにいるの？」

凜花は電話をしながら走り出した。大通りでタクシーを拾うためだ。車に乗るのは怖いが、大吉に鬼の似顔絵を見せるのが先だ。

『鎌倉市役所の駐車場だよ。突然、車に乗ろうとしたナースに絡んで、女子高生に蹴られたんだよ』

「は？　落ち着いてよ！」

カオスすぎて、状況が伝わらない。

『ヤバい。女子高生が運転手を蹴り落とした！　車を強奪してる！　大吉君に運転させようとしてるぞ！』

「女子高生と車を強盗してるの？」

鬼を見つけたのか？　だとしても、なぜ、ＪＫと？

『ど、どうしよう！』

「何とかして車を止めておいて！　私もすぐにそこに行くから！」

電話を切ってタクシーを止めて、「鎌倉市役所」と運転手に伝える。

もし、大吉が鬼と出会ったのなら……。

凜花は、ノートに描かれた三つの似顔絵を見た。それぞれ、タッチは違うが、ハッキリと共通しているところがある。

金成と青い乗用車の運転手と品川の会社員が、事故に遭う前に何度も同じ人間を見ている。

似顔絵は三つとも、顔の輪郭《りんかく》が四角で目が細い女だった。


「おい！　何してんねん、君は！」

ハンドルを握った大吉は助手席の女子高生に怒鳴った。女子高生は大吉を蹴り飛ばしたあと、銀色のＳＵＶの運転席にいた初老の男性を蹴り落としたのだ。

「鬼を払うのよ！」

「払う？　き、君は誰や？」

大吉はハンドルを切りながら、素早く車内をチェックした。誰も乗っていない。とりあえず車は西に走らせた。土地勘がないので、やみくもに走るしかない。

「説明はあと！」

女子高生がリュックから束になっている糸を取り出した。

「それは何やねん」

「爪糸」

あっけらかんと答えられた。他人の車を強奪しておいて、爪糸を出してどうするつもりだ。鬼を払うとは何だ。

「君は鬼のことを知ってんのか？」

「当たり前じゃん。じゃなきゃ、こんなことしないわよ」

「鬼と戦うのか？」

「そうよ」

この子が、玄心が言っていた「ある少女」なのか。こんな普通の女子高生が鬼に勝てるとは思えない。

「僕は何をすればいい？」

「しっかり運転してね。そろそろ鬼が出てくるから」

「ど、どこから？」

「わかんない。わかれば苦労しないよね」

「何やねん、それ！」

「あ、いた」

女子高生が、前方を指した。

度肝《どぎも》を抜かれた。道路の真ん中に女が突っ立っている。咄嗟にブレーキを踏んだが、いくら踏んでもビクともしない。

轢いてまう！

女とぶつかる寸前、大吉は目を閉じた。しかし、何の衝撃もなかった。

鬼は……どこに？

「うしろよ。気にしないで運転して」

女子高生が、やけに落ち着いた声で指示を出す。気になるに決まっている。バックミラーで後部座席を確認して、仰《の》け反《ぞ》った。

やたらに顔の輪郭が四角い中年女が、ちょこんと座っている。

これが鬼？

どこかで、見たことがあるような気がする。

「嘘でしょ……」

冷静沈着だったはずの女子高生の顔が、みるみる青ざめていく。

一旦、車を停めようとして、大吉も気が遠くなった。またブレーキがびくともしない。代わりにスピードが徐々に上がっていくではないか。

このままでは、どこかで必ず事故を起こしてしまう。しかも最悪なことに、さっきまでしていたはずのシートベルトがいつのまにか外れている。

大吉は、再び、バックミラーでチラリと後部座席の女を見た。

思い出した……京都から鎌倉に向かう新幹線の車両の、一番前の席でじっと大吉を見ていた女だ。

あのときと同じ、白目になっている。

32

この女が鬼だったの？

コンビニの店員だ。どうりで、奈々に敵対心が剝《む》き出しだったわけである。

「逆にやりやすいわ」

奈々は一人で呟き、助手席で体を反転させた。両膝をついて後部座席に体を向ける。シートベルトが勝手に外れていた。これも鬼の仕業だ。

金髪王子との恋を邪魔された借りを、ここで返させてもらう。

女が白目を剝いてパカリと口を開けた。牙《きば》のような歯が見える。

さらにスピードが上がった。あとは、運転しているメガネスーツの運転テクニックを信じるしかない。

「どけ！　見えへんやろ！　どけや！　触るな！」

メガネスーツがパニックになりながらも、前を走る車を追い抜き、信号を無視している。とうとう、反対車線に入ってしまった。

私が鬼を倒すまで事故らないでよ！

脳内からドバドバと溢れ出るアドレナリンのおかげで、奈々は恐怖を感じなかった。

ボキリと骨が折れるような音が、車内に響いた。女の頭が車の振動に合わせてグラグラと揺れる。

な……何をしてるの？

ガタンと車が大きくバウンドしたタイミングで、女の首がダランと垂れた。一瞬、頭が外れて落ちたかと思った。

唐突に、にゅうっと頭が持ち上がる。頭が外れたのではない。首が伸びたのだ。ゆうに普通の人間の三倍はある。

女がまた口を開けた。緑の体液がダラリと垂れ落ちる。

「奈々ちゃん、一番に警戒しなくちゃならないのは、鬼の馬鹿力だよ」

頭の中で、祖母のせらのアドバイスが聞こえた。

「人間の格好をしていても、侮《あなど》っちゃいけない。馬鹿力に殺された暁家の人間はたくさんいるんだ」

女の左腕が伸び、助手席の背もたれをとんでもない勢いで突き抜ける。

「マ、マジ？」

予想を遥かに超えた馬鹿力である。奈々は、死角から飛んできた女の左手を避けることができなかった。

「がはっ」

女の左手が奈々の喉を摑《つか》んだ。一瞬で気が遠くなる。奈々の体が浮き上がり、体ごと車の天井に押し付けられた。

衝撃でリュックを落としてしまう。

ヤバい。《鬼払い》の道具はすべてそこに入っているのに……。

懸命に手を伸ばしたが、もう少しのところで届かない。意識がどんどん遠ざかっていく。

なぜ、ひと思いに首の骨を折って殺さない？

鬼には鬼なりの美学があるのだろうか。これまでも鬼によって、生け贄の殺し方が違っていた。車の事故を好む鬼もいれば、火事やエレベーターを故障させる鬼もいる。

全国に、どれだけ鬼がいるのかはわからない。こうしている間にも、他の鬼たちは新しい生け贄を探しているのだ。

ダメだ。指先に力が入らなくなってきた。

「諦めるな」

声が聞こえた。……ママ？

「諦めるな。腕を伸ばせ」

違う。低くて渋い男の声だ。

誰なの。聞いたことのない声だ。だが、声の奥にある温もりと優しさは伝わってきた。

もしかして、大仏様？　こんなにダンディな声をしているの？

奈々は最後の力を振り絞り、両手を懸命に伸ばし、精一杯に指を広げた。

リュックが独りでに、ふわりと浮かび上がった。奈々は歯を食いしばり、肩ひもを摑んだ。

「ナイスキャッチ！　偉いぞ、お嬢さん」男の声が奈々を励ます。「あとは任せた。馬鹿息子のヘルプに戻るよ」

馬鹿息子？　何のことを言っているかわからないが、助かった。

奈々はリュックから凧糸を取り出し、素早く女の手首に巻きつけた。ジュウという音と焼けた肉の臭いが車内に広がる。

「ギギギギギギギ」

女が奇妙な悲鳴を上げて、奈々を放した。助手席に落ちたが、すぐに体勢を立て直し、もうひとつの凧糸の束を広げるようにして後部座席に投げた。

多江と夜なべをして作った、凧糸の《網》だ。凧糸には充分に大豆油を染み込ませてある。これが《鬼払い》の《籠》の仕事だ。

「ギギ！　ギギギギギ！」

網に囚《とら》われた女が、後部座席で苦しそうに身をよじらせる。頭が盛り上がり、二つのコブが突き出して伸びていく。コブではなく、角だ。

次に奈々は、リュックから柊の木で作った短刀を取り出した。せらと一緒に彫刻刀で削り、これでもかというぐらい短刀の刃の先を尖《とが》らせた。とどめだ。

奈々は助手席から後部座席に移り、渾身《こんしん》の力で短刀を振り下ろした。

女の右目に、柊の短刀が突き刺さる。間髪入れずに、左目にも突き刺し、抉《えぐ》った。女がびくんと体を震わせ、やがて動かなくなった。

「暁家を舐めんなよ」

「うわあ！」

その瞬間、急ブレーキがかかり、奈々の体は宙に投げ出された。


けたたましいサイレンで、大吉は意識を取り戻した。頭が割れるように痛い。頭だけでなく、首から下のほとんどの骨が折れているような気がする。こんな激痛は、今まで経験したことがない。

大吉は救急車に乗っていた。ギリギリのところで何とか助かったのだ。

運転に必死で、少女がどうやって鬼を倒したのかはわからなかった。だが、いきなり車をコントロールできるようになった。

はっきり言って、限界だった。大吉だけであれば、とうの昔に事故を起こしてあの世に行っていただろう。

大吉を救ってくれたのは、またもやボンドだった。大吉の膝に座り、ハンドルを握って車の運転をサポートしてくれたのだ。

ハンドルの主導権をボンドが握ったことで、視界がほぼ遮られた。ただでさえパニックなのに、そんなことをされて気を失いそうになった。

たぶん、少女も別の救急車で運ばれている。急ブレーキを踏んで、歩道に乗り上げて街路樹に突っ込んだとき、大吉と少女がフロントガラスに体を激突させたからだ。

名前も知らないが、凄い少女だ。次に会えたときは、ぜひお礼を言いたい。

「鬼を倒せたの？」

側にいた凛花が、大吉の頬をそっと撫でた。彼女は事故のあとに現場に駆けつけて、救急車に同乗してくれたのだ。

「倒したんは……僕やないです……」

呼吸をするたびに、脇腹に鋭い痛みが走る。

「もしかして、あの女の子が鬼を倒したの？」

女子高生のことだ。たのむから無事でいてくれ。

「鬼は……」

「無理して喋らないで。こんな顔だった？」

凜花が持っていたノートを広げ、三つの似顔絵を大吉に見せた。どれも、後部座席に現れた白目の女と特徴が一致している。

まさか、新幹線で会った女だとは思わなかった。霊ではなく、最初から大吉を獲物《えもの》として見ていた鬼だったのだ。

「凜花さん……絵……めっちゃヘタくそっすね」

「うるさい。三つとも、私が描いたんじゃないわよ」

「おめでとう……ございます」

「えっ？」

「長坂さんと……結婚……」

「うん」

凜花が微笑んだが、なぜか悲しそうだった。早くもマリッジブルーなのだろうか。

結婚しても凜花には仕事を続けて欲しい。彼女あってのＧＰＳなのだから。

「鬼は……死んでいましたか？」

事故と同時に気絶したので、女子高生が倒した鬼の死体を見ていなかった。霊ではないので、物体として残るはずである。

「いなかったわ」凜花が悔しそうに顔をしかめた。「事故現場には大吉君と女の子しかいなかったのよ」

「そんな……」

思い当たるふしはある。鬼を倒すのを、高みの見物をしていた奴がいる。

大吉は、薄れる意識の中で、笛吹玄心の澄み切った目を思い出した。

エピローグ

飛行機が着陸し、安全ベルトを外すライトが点灯した。乗客たちは立ち上がり、長旅の疲れを癒すかのように、体を伸ばす。

「着きました」

充は、隣の窓際の席で目を閉じている玄心様に声をかけた。

玄心様がゆっくりと目を開ける。寝ていたわけではない。玄心様と出会って十年になるが、眠っている姿を見たことがなかった。

「彼らから連絡は入っているか」

雄平と初音のことだ。二人はまだ鎌倉に残っている。

「少しお待ちください」

充はスマートフォンの機内モードを解除した。メールが一件入っている。

「鬼払いは成功したのか」

「そのようです」充はスマートフォンの画面を、玄心様に見えるようにかざした。「鬼の死体も無事に回収できたみたいです」

雄平と初音は、《世界玄心教》の新しい本部まで死体を運んでくる手はずになっている。車だから、長時間かかるだろう。

「ご苦労だったな」

珍しく玄心様が嬉しそうな顔で笑った。信者に感情を見せることは滅多《めった》にない。

「失礼を承知でお訊きしますが……」

「何だ?」

「どうして、鬼の死体が必要なのですか?」

今回の鎌倉の事件は、鬼の死体の回収が玄心様の真の目的だったのだ。

「自分のルーツを知りたいからだ」

「と言いますと？」

「私の体には鬼の血が半分流れている」

玄心様が、虚ろな目で宙を見つめた。

「えっ？」

衝撃の告白に言葉を失った。玄心様はくだらない冗談を言うお方ではない。

「自分の能力に疑問を持ち、長年かけて調べた。大昔から、鬼と人間の子は不可思議な力を持って生まれてくる」

「つまり……」

「そうだ。お前たちも鬼の子なのだ」

さらなる告白を、充は受け止めることができなかった。他の乗客たちが飛行機を降りる中、ショックで席を立てずにいた。

「約束を守ろう」玄心様がいつもの澄んだ目に戻り、指示を出す。「深沢を生き返らせろ」

「かしこまりました。鎌倉の二人に伝えます。暁奈々の家族はどうしますか」

「まだ、消したままでいろ。彼女にはもう一度会いたい。あと、あのメガネの青年だ」

「柳楽大吉ですね」

充はようやく立ち上がり、荷物入れから玄心様のバッグを出して那覇《なは》空港に降り立った。

沖縄の空は雲ひとつない快晴で、玄心様の到着を歓迎しているようだ。ここが我々のユートピアとなる。

来年の春に起こる《崩壊》のカウントダウンが始まった。まずは京都、そして全国に《破壊》は広がる。

決して、誰にも止めることはできない。

〈了〉

この作品は書き下ろしです。
本書はフィクションであり、実在の人物、
団体とは一切関係がありません。

著者紹介

木下半太（きのした　はんた）

1974年、大阪府生まれ。映画専門学校中退後、脚本家、俳優として活動を始める。劇団「渋谷ニコルソンズ」主宰。2006年に『悪夢のエレベーター』で作家デビュー。同書はベストセラーとなり映画化もされた。以降、「悪夢」シリーズで人気を博すほか、『サンブンノイチ』『鈴木ごっこ』『恋する音川家』『GPS：京都市役所 魔性の花嫁』『フィーバー５』『Ｄ町怪奇物語』など、多くの作品を発表している。

PHP文芸文庫　GPS：鎌倉市役所 消えた大仏

2015年11月24日　第１版第１刷

著　者	木　下　半　太
発行者	小　林　成　彦
発行所	株式会社ＰＨＰ研究所

東京本部　〒135-8137 江東区豊洲5-6-52
文藝出版部　☎03-3520-9620（編集）
普及一部　☎03-3520-9630（販売）
京都本部　〒601-8411 京都市南区西九条北ノ内町11

PHP INTERFACE　http://www.php.co.jp/

組　版	朝日メディアインターナショナル株式会社
印刷所	図書印刷株式会社
製本所	東京美術紙工協業組合

ISBN978-4-569-76460-3

PHP文芸文庫

カラット探偵事務所の事件簿 1

乾 くるみ 著

あなたの頭を悩ます謎をカラッと解決！『イニシエーション・ラブ』で大反響を巻き起こした、乾くるみの連作短編推理小説。

定価 本体六四八円（税別）

PHP文芸文庫

アー・ユー・テディ？

加藤実秋　著

ほっこりを愛する女の子とあみぐるみのクマに宿ったオヤジ刑事《デカ》。珍妙なコンビが心中事件の真相を探る！　爽快エンターテインメント作品。

定価　本体六四八円（税別）

PHP文芸文庫

午前0時のラジオ局

村山仁志 著

テレビからラジオ担当に異動となった新米アナウンサーの優。そこで出会った先輩の秘密とは？　温かくてちょっぴり切ないお仕事小説。

定価　本体七〇〇円（税別）

PHP文芸文庫

オチケン探偵の事件簿

大倉崇裕 著

究極のお人好し探偵が、キャンパスで起きる奇怪な事件に挑む。ユーモアと落語のウンチクが満載の大人気ミステリーシリーズ第3弾。

定価 本体七〇〇円 (税別)

PHP文芸文庫

GPS：京都市役所 魔性の花嫁

木下半太 著

悪夢シリーズの著者、書き下ろし新シリーズ。撮影所の花嫁の霊、インコの不吉な予言……謎を解くのは京都市役所心霊相談課（GPS）！

定価 本体六〇〇円（税別）